沢里裕二

極道刑事《クロデカ》

凌辱の荒野

実業之日本社

実業之日本社文庫

目次

第一章　消えた女たち……5
第二章　闇を走る……57
第三章　暗中模索……109
第四章　赤い影……145
第五章　ブルーフィルム……188
第六章　極道たちのララバイ……235
あとがき……272

第一章　消えた女たち

1

十月十五日。午後四時。台東区《たいとう》千束《せんぞく》。

藤林真美《ふじばやしまみ》はいつものように日の出会商店街と吉野《よしの》通りが交差する元『梅の湯』の前で手を挙げた。

西日が眩《まぶ》しかった。

タクシーはすぐに来た。ここいらを流しているタクシーはそれらしい女性を見つけるとたちどころにやってくる。吉原《よしわら》の女はあえて遠くに住んでいることが多く、ドライバーにとっては夜中でもないのに長距離《ロング》が期待できるからだ。

それに、吉原の嬢《おんな》はチップをはずむと評判だ。

真美もたいがいおつりは受け取らない。それが三千円以上であっても受け取らない。ちょっとした免罪符だと思っている。

「ご乗車ありがとうございます」

祖父ほど齢《とし》の離れていると思われる白髪のドライバーに、ルームミラー越しにきちんと頭を下げられた。

「首都高で高樹町《たかぎちょう》までお願いします」

「向島《むこうじま》線が詰まっているようなんで、駒形《こまがた》から上がってよろしいですか」

向島ランプの方が手前だが、この時間は混んでいることのほうが多い。

「はい。かまいません」

タクシーが吉野通りをゆっくり走り出し、泪橋《なみだばし》の交差点を右折した。江戸時代なら町駕籠《かご》でこの通りを行き来したことだろう。

現代のタクシーもデザインは江戸の町駕籠に似ている。

明治通りに出ると白鬚橋《しらひげばし》を渡った。

隅田川《すみだがわ》は午後に雨が降ったせいか濁っていた。見慣れた景色だ。

川向うの墨堤《ぼくてい》通りに入ると今度は南に向かう。

真美は朝の九時から夕方の四時まで吉原で働いていた。週二日だけだ。それ以外は美術館で学芸員の仕事している。

吉原で働く女はその出自や現状に関係なく、もれなく金のために股を開いている。

真美もそのひとりだ。

セックスが好きだからソープ嬢になったという女は真美の知る限り存在しない。

スケベなだけなら、もっと楽しめる方法はいくらでもあるからだ。

真美もそうだ。自分の性的嗜好《しこう》に合致した相手をいつもマッチングアプリで探していた。

真美がもっとも好きなのは乳首を入念に舐《な》めしゃぶられることだ。挿入よりもそのほうが遥《はる》かに長い間、興奮状態でいられる。

挿入中もけっして乳首弄《いじ》りをやめない男をいつも探していた。

逆に男の乳首を舐めるのも好きだ。これはいまの商売に向いているともいわれるが少し違う。

奉仕のためのプレイと、発情に任せてしゃぶりまくるのとでは、燃え方がまるで違う。一晩中、舐めて舐められ、くたくたになるまでセックスするぐらい気持ちいいことはない。

仕事とは全く違う次元の快楽がそこにはある。

嗜好が違う人たちが呆《あき》れるほど、乳首好きは何時間でも互いに舐め、弄り続けるのだ。

そして乳首は弄れば弄るほど大きくなるものなので、初めてあった男でも真美の乳首を見ただけで納得し、ただちに勃起してくれる。

もっとも、そうした乳首フェチアプリで知り合ったある男のせいで、ソープで働くようになってしまったのだが。

まぁいいわ。そのことを考えると鬱陶しくもなり、また乳首が疼《うず》いてしまう。

少し眠くなってきた。

今日は五人取った。店の方針でフィニッシュは騎乗位にしているので、ラストひとりになると、腰がもうたまらない。

すこしうとうとした。

「テレビ、消しましょうか」

「いいえ。そのボリュームなら平気です」

寝落ちはしたくはなかった。たとえタクシードライバーにでも、口を大きく開けて鼾《いびき》をかいている顔は見せたくない。

テレビは夕方のワイドショーを流していた。民自党の裏金スキャンダルがいまだに燻《くす》ぶっているようだ。

総理官邸で記者から質問を受ける官房長官のこめかみがヒクついていた。こう言ってはなんだが、男茎の筋の動きに似ている。

と、妄想したところで、国会答弁する総理大臣の顔が映ったので目を閉じた。そのままうたた寝してしまいそうだ。

駒形に近づくほどに隅田川の匂いがまた強くなってきた。

――がつんと背中を蹴られたような気がして目を開けた。身体《からだ》が前のめりになっていた。

「お客さんっ、大丈夫ですかっ」

老運転手が振り向き、慌てた顔をしていた。

「えっ、あれ」

腰に激痛が走っていた。背中も痛い。振り向くとセダンが追突していて、タクシーの荷台にフロントノーズを突っ込んでいた。真美の背中のシートまで後五十センチというあたりにまで、ヘッドライトが食い込んできている。

「申し訳ありません。警察を呼ぶことになりますが、よろしいですか」

運転手がすまなそうな顔をした。

真美の職業を慮《おもんぱか》ってのことだ。確かに真美にも警察の聴取には応じたくない事情があった。

「ここで降ります」

「わかりました。お代は結構です」

運転手がすぐに自動扉を開ける。真美は一万円札を一枚、コンソールボックスの上に置いて降車した。追突してきた車を運転していたのは女性のようだった。

真美は墨堤通りを歩いた。

歩きながら振り返っても、空車で流しているタクシーは、すぐさま現れず、通り過ぎる車に、ネイビーブルーのワンピースの裾が煽《あお》られるばかりだ。

しょうがないので通りに面した隅田公園の中を歩いた。子供を連れた母親が多かった。枕橋の前に出た瞬間、いきなり目の前にミニバンが止まった。黒のアルファードだ。

スライドドアが開いて、巨軀《きょく》の男がふたり降りてきた。肌寒い日だというのに、ひとりはGIカットで黒のTシャツにグレーのハーフパンツ。いかつい四角い顔だ。もうひとりは、くすんだ茶色のタンクトップに黒のジャージパンツだ。この男はLAレイカーズのキャップをギャング被《かぶ》りにしていた。

真美はふたりの男とアルファードを避けようと後方へと迂回《うかい》した。

Ｔシャツの男に股間を摑《つか》まれた。ワンピースの上からだが、がしっと股座《またぐら》全体を摑まれた。男であればキンタマを握られたような格好だ。

「なにするんですか」

身を捩《よじ》ったがＴシャツの男は、股間を摑んだまま微動だにしなかった。

短く刈り上げたＧＩカットで、死んだような眼をした男だった。

「あっ」

股底を鷲《わし》摑みにされたまま、グイと前に引っぱられた。まんにつられて腰が前に出る。

バストが男の胸板に当った。豊乳が押し潰される。

もうひとりのタンクトップの男の右手に銀色に光るものがあった。短いナイフだ。

人目に触れるほどではないが、夕陽《ゆうひ》に刃先が揺曳《ようえい》しているのを、真美は確かに見た。

殺されるのか？

だとしたらなぜだ？

タンクトップの男が、背中に回った。

ワンピースのファスナーが下ろされる。

「あっ」

叫ぼうとした口が背後から塞がれ、ワンピースを引き下ろされ肩から上腕までを露《あら》わにされた。この状態では腕が自由に動かせない。

ブラジャーのホックが外され、同時にストラップをナイフで切られた。はらりとブラジャーが地に落ちる。

生乳首が晒《さら》された。

世間の人が見たら二度見したくなるような巨粒な乳首だ。しかもこんな場面なのに、勃起してしまっている。まるでポップコーンだ。

実際、ここまで無表情だった目の前のTシャツにGIカットの男が、真美の乳首を見た瞬間、目を見開いた。

本性を見抜かれたようで死ぬほど恥ずかしい。ましてやここは路上だ。車が行き交い、人も歩いている。

「いやっ」

胸を隠そうとしたが中途半端に脱がされたワンピースの袖に腕が取られて動かせない。

あえて前の男の胸板に乳首を押し付け、人目から隠した。この際、乳房の露出はいたしかたない。

女は乳房の露出にはさほど羞恥心はない。重要なのはトップだ。勃起している女はスケベだと思われがちだ。

けれどもいまは違う。乳首も怖くて硬くなっているのだ。

「私をどうしたいんですか」

行きがかりの強姦魔《ごうかんま》なのか、それともタクシーを拾った時点から目をつけていたのか。そうだとすれば、小金を持っていそうなソープ嬢として狙いをつけていたということか。

いや、それとも？

真美は疎遠になっている実家のことを思った。

「車に乗れ」

Tシャツの男が初めて口を開いた。低いがよく響く声だ。

「何処《どこ》に連れていく気ですか？」

と答えた瞬間、背後のキャップを被ったタンクトップの男にワンピースの裾を持ち上げられた。

ふわりと腰骨の上まで摘《つ》まみ上げられる。

「いやっ」

ブラジャーと同じシャンパン・ピンクの光沢のあるパンティが丸見えになったはずだ。それも穿《は》いてないも同然のＴバックだ。ヒップに行き交う車の風圧を感じた。

これも右のストリングスを切られた。小さな股布が緩む。左も切られたら股布が剝がれてしまう。

「わかりました。抵抗しません。ですからお尻は隠してください」

下手に抵抗しても体力を消耗するだけのような気がした。それでワンピースの裾は下ろされた。ただしナイフの刃先の感触は残ったままだ。

真美はふたりの男に挟まれるようにして、アルファードのステップを踏んだ。生乳が露わにならないように、ひたすら前かがみで車中に足を踏み入れた。

車内はフロントガラス以外の窓は、すべてカーテンで覆われており、運転席には別な男が座っていた。濃紺の毛糸の帽子を被ったドライバーだ。

真美は三列目のシートに押し込められた。

「自分で脱げ。真っ裸になれ」

並んで座ったＧＩカットの男にそう命じられた。車は動き出した。

「そうだよ。いちいち脱がせるなんて手間をかけさせるな」

前のシートに膝を突いて座り、背もたれに顎を乗せたタンクトップの男がニタニタ笑っている。真っ黒に日焼けした男だった。

脱がなければ、脱がされることになるのは明白だ。それも手荒にされることになるかも知れない。

真美は脱いだ。すでにブラジャーが外されているので乳房と乳首はすぐにあからさまになる。

ワンピースをずるずると下におろし、片側のストリングスが切れたパンティも脱いだ。陰毛は完璧に剃《そ》っていた。

Tシャツの男に、硬直している大粒の乳首の根元を親指と中指で摘まみ上げられた。尖端《せんたん》が疼く。真美は背筋を反らせた。

男は単に乱暴なだけではなかった。

摘まんだ乳首の尖端を人差し指で擽《くすぐ》るように撫《な》でてくるのだ。

「くっ」

必死で無表情を装おうとしたが、無理だった。真美は両脚を突っ張らせ、甘い声を洩《も》らし始めた。

フロントガラスを見ると、アルファードはちょうど隅田川を渡っているところだった。いつも帰りに見る風景だが、タクシーよりも車高が高いせいか、浜町界隈《はまちょうかいわい》のビルがやけにはっきり見えた。

2

十月十七日。午後八時。六本木《ろっぽんぎ》。

「はい、写真のセレクトはお任せします。影山《かげやま》先生の撮影ですもの、どれを選んでいただいても素敵なカットに決まっていますわ。それに池田《いけだ》さんのセンスのよさには定評があります」

青井《あおい》あずさはスタジオのロビーまで見送りに来た『ウイークリー・スパーク』のグラビア担当池田陽二郎《ようじろう》に笑顔で答えながら、トートバッグから薄手のカーディガンを取り出した。

六本木の撮影スタジオだ。

「わかりました。それではレイアウトが上がり次第ＰＤＦで送りますので、いちおうご確認ください」

サーフィンが趣味の池田の顔は真っ黒だ。

「いつ頃になりますか」

「明後日の午後には送れます」

池田がスマホでカレンダーを見ながら言う。

さすがは大手出版社の週刊誌だ。社員デザイナーがいるのだろう。進行が早い。

「その時間はジムにいる予定なので、ではタブレットを持参していくわ」

あずさは親指を立てて答えた。

タクシー待ちだった。池田が手配してくれている。

「いよいよ衆院が解散しそうですが、青井さんは？」

池田が何食わぬ顔で聞いてきた。

「それ、グラビア担当としての質問ですか？」

あずさもさりげなく返す。

「はい。掲載時期の調整があります。文潮社《ぶんちょうしゃ》としては、特定の候補者を応援しているとは思われたくないのです」

鮮やかなフェイントだ。撮影後に伝えてくるとは巧みだ。

「私もいまはテレビのコメンテーターをしています。まだその仕事を棒に振る気はありませんよ。これ、答えになっているでしょうか？」

あずさは腕時計を見た。

「失礼なことをお聞きしました。申し訳ありません。それでは掲載は再来週の水曜日といたします」

池田は特に表情を変えなかった。

グラビア担当とはいえ『ウイークリー・スパーク』の編集部員だ。ポーカーフェイスはお手のものだろう。

実のところ、週二日レギュラー出演している東日テレビの『ハローモーニング』は来週いっぱいで降板することになっている。

もちろんまだ内密だ。

騒ぎたてずに、フェードアウトする方針だった。

プロデューサーの舘野智成《たてのともなり》とは、落選したら午後の番組で復帰する確約が出来ていた。

解散と同時に出馬表明だ。民自党候補として東京三十二区からだ。表明は総理が解散を発表した翌日ということになる。

「文潮社さんのタクシーが参りました」

外で待機していたスタジオのアシスタントがエントランスの自動扉を開けて、そう告げた。

「なにからなにまでお世話になります」

あずさと池田は並んで外に出た。この頃、夜風が急に冷たくなった。夏が突然終わった感じだ。湿気が少なくなったのは、嬉《うれ》しい。見上げる空には星が瞬き、六本木の中心街の方からざわめきが聞こえてきた。

池田が運転席側の窓に回り『これでＯＫですよね』とチケットを掲げた。運転手は頷《うなず》いたようだ。白髪の運転手だった。

「青井さん、このチケットでお願いします。あっ、それとドリンク一本どうぞ」

「ありがとうございます」

チケットとミネラルウォーターのペットボトルを一本受け取り、乗車した。

「二子《ふたこ》玉川《たまがわ》へお願いします」

「畏まりました。青山《あおやま》通りから玉川通りでいいですか。渋谷《しぶや》を抜けるのに少々混雑するかと」

運転手が前を向いたまま言った。

「お任せします」

「よかったら飴《あめ》どうぞ」

運転手が小さな編み籠に山盛りで入った飴を差し出してきた。時々こういうタイプの運転手がいるものだ。

「遠慮なくいただきます」

各種フルーツ味などの山の中から、苺《いちご》味を一粒とった。ちょうどいい。少し疲れたので甘味が欲しかったところだ。

口の中に放り込む。

タクシーは、フォトスタジオのあった裏通りから、東京ミッドタウンの脇を抜け外苑《がいえん》東通りへと入った。

六本木の喧騒《けんそう》が遠ざかっていく。

――いよいよラストスパートだわ。

口の中で飴を舐めながら、あずさは気持ちを新たにした。

女三十九歳。ここが勝負どころだ。

ここまでは、勝ったり負けたりの起伏のある半生だったと思う。もっともこの勝敗はあくまで自分自身の心が決めたものだ。向上心の問題だ。

＊

二十年前、あずさはA学院大学のミスキャンパスに選ばれた。一勝目だ。超難関大学とは言えないが、そこそこ偏差値は高く、上品なイメージの大学でのミスだ。いちおう才色兼備という肩書になるのではないか。だから一勝。

けれど就活では負けた。

あずさが目指したのは民放キー局の女子アナになって、芸能人かMLBクラスのスポーツ選手と結婚することだった。

そのうえでフリーアナウンサーになって、海外で暮らしながらエッセイを上梓《じょうし》したりするのだ。時々はテレビにも出演する。

そんな暮らしを思い描いていた。

人生をひとつの事業計画としてとらえたならば、それは四十歳までの人生前半部で達成しておきたいことだった。

就活失敗が初めての大きな挫折だった。キー局として最弱の局にも採用されなかったのだ。しかもA学院大の同期で準ミスとなった女が、東日テレビのアナウンサーとして採用されていた。あずさが嫉妬に狂ったのは言うまでもない。

ぎりぎり山陰地方の地方局に採用され、とりあえずそこに就職した。女子アナにはなれたわけである。

ここで発声、滑舌などの基礎を学ぶことは出来た。

けれども農家の田植えや地元商店街のレポートばかりの日々は三年で飽きてしまった。キー局に入局出来た同年代の女たちが徐々に出演枠を広げている様子を目の当たりにすると、苛立《いらだ》ちはピークになった。

決定的だったのは入社三年目の台風のレポートのときだった。

系列局として中継を担当することになった。地方局のアナにとっては、めったにない全国ネット出演である。あずさはどこかの局のプロデューサーなりアナウンス部長なりの目に止まらぬものかと張り切った。

だが、キー局で総合司会を務めるキャスターのアシスタントを務めているのがA学院大の同期の女だった。

あずさの枠である、わずか二十秒のオンエアーが終わりCMに入ったときに、あの女がモニター越しに勝ち誇ったような顔をしたのだ。

「あずさ、久しぶりだよね。そっちは台風が多いから大変でしょう。お疲れさま。

東京に来たときは連絡してよ。青山のカフェもだいぶ新しいのが出来たし、案内するわよ」

完全に見下している言い方だった。

「こっちは台風の中にいるのよ。チャラチャラしたこと言わないでっ」

あずさは無視してレポート現場を後にした。

悔しくてたまらなかった。

翌日、東京のフリーアナウンサーやキャスターを多く抱える芸能事務所に専属になれないか打診した。

すぐにマネージャーが会いたいというので、地元ではなく大阪で待ち合わせた。狭い地方都市では、さすがに人目が憚《はばか》られたからだ。

その芸能事務所『マンハッタン・エージェンシー』には百人以上ものフリーアナウンサーやキャスターが所属しており、在京キー局はもちろん、大阪、名古屋の準キー局、はては国営放送局にまでブッキングが展開されているのだ。

当然競争率は激しいものとなる。

だが、ここのマネージャーがプッシュしてくれたら、世に出るチャンスは大きく広がることになる。

あずさは身体を張ってもよいと考え、ホテルのバーで待ち合わせたが、女子アナばかりを担当するマネージャーは百戦錬磨だった。

マネージャーの西尾忠邦《にしおただくに》はあずさの媚態《びたい》には目もくれず、冷静にビジネス戦略を伝えてきた。

「ミスコンのグランプリ受賞や地方局のキャリアはもはやあまり役に立たない。キー局ですでに顔を売っていてフリーになるならともかく、青井さんをプロモーションするにはもうひとつキャリアが必要になる。たとえば文学賞を取るとか、海外のテレビ局のレポーターとして実績を上げるとか」

「言うは易しいですが、ものにするには運と時間が必要ですね。英語力は旅行には不自由しませんが、ビジネスで通用するレベルではないです」

よくよく考えてみると自分はなにもかも中途半端なキャリアであった。

西尾は首を傾げた。たいした人材ではないな、という目だった。

「西尾さん、とにかく私、有名になりたいんです」

あからさまな言い方だったが、二十六歳になろうとするあずさは、このとき心底焦っていた。

「普通よりちょっとマシな程度の人生で満足したくないんです。世の中に影響力のある女になりたいんです」

すがる思いで伝えた。

西尾はため息をつき、しばらく考えこんだ。そして実に唐突に、

「銀座《ぎんざ》のナンバーワンを目指してみる気はないですか」

と聞いてきた。

「そっちのスカウトも兼ねているんですか？」

流石《さすが》に声を尖《とが》らせたものだ。

「いや、そのうえで『銀座ホステスの経営学』みたいな本を書くんです。それなりの出版社はうちが用意します。編集の方針や書き方はプロのライターを付けましょう。そうすると、ちょっと変わった経歴になります。大学は経営学部でしたよね」

「そうですけど特に経営学に精通しているわけではないです」

「基礎的なことは学び直してください。会計学なり経営管理学なり、何かしらの方法論を銀座のホステスとしての生き方に重ね合わせるんです。こじつけでいいんです」

「よくわかりませんが」

「あくまでも、一方法論です。でもミスA学、女子アナから銀座ホステスを経て文

筆家へ。銀座で働きながら政治家や財界人と触れあえば、のちのちそれが表と裏の双方で生きてきます。話題性があって論客でもあればうちがコメンテーターとして、押し込むことも出来ます。キャスターやバラエティアシスタント的な役割をする女子アナはもう溢《あふ》れていますからね。それと何か他にない腕を持っていないと、三年ほどで新人と入れ替えられてしまいます」

西尾はその後も、テレビで生き抜くにはどれほど腕が必要か滔々《とうとう》と語った。芸人が芸に鎬《しのぎ》を削るのと同じように、フリーアナはトークテクニックと知性を磨かなければならないなど、だ。

いちいち納得出来る話だった。

乗ってみようかと思ったのは、西尾が芸能マネージャーとして完璧なプロフェッショナルであると感じたからだ。なによりも男としての下心を感じさせなかった。

あずさはこの話に乗ることにした。

いま勤める局のある地方で生まれ育ったならば、それなりの満足感を得られたかもしれない。だがあずさは東京生まれの東京育ちであった。

戻りたい、という気持ちも強かった。

『マンハッタン・エージェンシー』は、夜の町にもコネクションがあった。かつて多少なりとも芸能界で働いた後に、文字通りそちらの水があっていた人たちもいたからだ。

『マンハッタン・エージェンシー』のOGのひとりの紹介で、あずさは銀座の小規模な店に入ることにした。小規模店の方がナンバーワンになりやすいからだ。

銀座八丁目の『エディット』。それがあずさが入店した店だった。

ママは元有名女性誌の編集長で『マンハッタン・エージェンシー』の社長と昵懇《じっこん》だったこともあり、あずさの売り出しに協力してくれたのだ。

『エディット』にはママの出版社時代からの人脈で、文化人や政財界の錚々《そうそう》たる客が集っていた。

働く女性たちもいわゆるホステス然とした人たちとは違っていた。劇団に所属していたり、文学を志していたり、あるいは画家だったりで、ちょっと尖った雰囲気の人が多く、さらりとした交流が出来るのがよかった。

一緒に働いていたホステス仲間の中には、一年で学費をためてニューヨーク留学を果たし、いまは大手の証券会社で働いている女性もいる。

要するに何処か知的なホステスとそれを好む客が交《まじ》わるクラブだったのだ。ただし金額はバカ高い。だからあずさたちの稼ぎもよかった。

地方局の出身でも、元アナウンサーはそれなりに受けた。山陰地方に住み、あずさをテレビで見たことがあるという地元の名士もやってきた。

西尾から事情を聞いているママが、うまく上客を付けてくれた。

『エディット』のホステス数は十四名。

さぞかしナンバーワンの座を争うために火花を散らしていると思いきや、そんなことはなかった。

むしろママと西尾の戦略を聞いて、あずさをなんとか盛り上げようと、協力的だった。要するにあずさを『ナンバーワン』にするための店だったといえる。

ママの言う通りに振る舞うことで一年目の終わりには、本当にナンバーワンになれた。

実力ではない。なるほど経歴はこうやって作られるのだ。

その夜から新規の客には『うちのナンバーワンのあずさです』と紹介されるようになった。

そうすると次々に客が付くようになった。

ママの教えは接客よりもむしろ文筆家としての振る舞いに力点が置かれていた。

名前だけしか知らなかった昭和の文豪の作品は片端から読めと言われた。

そしてそれらの作品に対する批評家たちの文章も幾つも読まされた。あずさはこの時期、店で働くのは午後八時から十時までの二時間として、残りの時間は徹底的に本を読むことに費やすことにした。

名作の次はここ十年の直木賞作品。合計二十数冊の受賞作品を読み、ママに感想文を提出するのだ。

その頃から、徐々に出版社の編集長や名の知れた作家の席に着くようになった。作家はもれなく最新作を褒めまくるとすぐに破顔し、機嫌よく語りだす。

そうやって何人かの作家と懇意になった。

ママからホステスとしての領分を超えたおねだりは決してするなと厳命されていたので、本を書きたいなどとは口にしなかった。

その辺はママがうまく段取りを組んでくれたのだ。

二年目、よく来る『青山書院』という中堅出版社の社長から銀座のクラブで遊ぶ男たちの生態を書いてみてはどうかと勧められた。

もちろんママが吹き込んでくれたのだ。

おかげであずさは『銀座で一流を学ぶ』という一冊を上梓した。地方局の女子アナから銀座ホステスに転職し、こちらの方が一流を学べたという内容だ。

元女性誌編集長のママが構成を作り上げ、ベテランライターが下書きを作ってくれた。

そのうえをなぞるようにあずさは書いた。自分流の文章に書きなおすことで、内容がきちんと頭に入るのだ。

『銀座で一流を学ぶ』はその年から始まった『青山書院ノンフィクション大賞』の佳作に選ばれた。選考委員は全て『エディット』の顧客だった。

第一回ということで選考基準が曖昧だったことと大賞ではなく佳作狙いだったので、うまく紛れ込めた、というのが本当のところだ。

まずトロフィーをひとつ取って箔《はく》をつけ、そこから実力をつけていく。『マンハッタン・エージェンシー』の敏腕マネージャー西尾の立案した戦略の最初の一歩は、こうして踏み出せたわけだ。

そこからは、あずさも本当に頑張った。西尾の敷いたレールに乗れば成功出来るという確信めいたものを得たからだ。

いっときのアイドル的なフリーアナで終わるのではなく、辛口のコメンテーターとして名を上げ、講演会収入をえられる文化人に育成しようというのは、西尾の意図するところだった。

文化人だけではなく、知性派と呼ばれる政財界人たちとの会話から、あずさは自然に『一流』の振る舞い、一流の思考法を体得していった。

勤務時間以外は、通勤の電車の中でさえ必死に勉強もした。

店で着るドレスや装飾品はすべてママのものを借りた。食事もアフターがなければ店の賄いで食べた。一食千円だった。

アフターも必ずママが同伴で、二時間で必ず帰らせてもらった。タクシー代もいただく。ママからも西尾からも、ひたすら知識と品位の習得と貯金することを勧められた。

ストレスもあった。ときどきは男と遊びまくりたいとも思った。けれども、男を作ったら、すぐに計画は中止すると西尾に告げられていた。

西尾は芸能プロのマネージャーとして恋愛は覚醒剤と同じ作用があると言っていた。自分がコントロール出来なくなるからだという。

いまはその言葉の重みが十分わかる。

せっかくのビッグチャンスを、男やホストに狂って逃してしまった後輩キャスターが沢山いるのだ。

あずさは西尾とママの教えを守り、貯蓄に励んだ。ホステスとしての収入は地方局の社員だった頃の三倍になっていた。

二年間の留学に充分な資金が出来た。

もともと基礎程度はあった英語力も徹底的に学び直すことによって、米国大学院入学レベルまで上達することが出来た。東部の超有名大学は難しかったので、ネバダ州立大の大学院に入った。ラスベガス校だ。

米国では学部卒ではエスタブリッシュとは認められない。

大学院で、出来ればドクター《博士号》、とりあえずはマスター《修士号》を取得してはじめて専門分野を習得したと認めてもらえる社会なのだ。

経営学を専攻し、どうにかその修士号を取得した。研究したのはショービジネスだ。その後約一年、ラスベガスの新聞社の記者を務めた。ラスベガスのショーを見に来た日本人の感想を聞くだけの仕事だが、それで『ラスベガス・トリビューン』の元記者だったという経歴も残す。これも箔付けになった
銀座とラスベガス。合計五年の歳月をかけてあずさは自分に磨きをかけた。社交術を身につけ、とうとう米国大学院卒という肩書も手に入れたとき、あずさはちょうど三十歳になっていた。

そこから西尾の仕掛けは早かった。

女性誌で女性の働き方を語るコラムを確保し、月に一度ほど朝のワイドショーで、ショービジネスの専門家としてのビデオコメントを入れるようにした。

最初のうちビデオにしたのは、的を射て、さらに視聴者受けするコメントを西尾とともに練る必要があったからだ。

当意即妙《とういそくみょう》に答えられる腕を身につけてからは生出演した。徐々に人気が出はじめると、西尾は深夜の生討論番組を取ってきた。

『芸能人と週刊誌』というタイトルの回だった。

ここであずさは徹底的に芸能人のプライバシーの擁護に回った。報道の自由を盾に攻撃してくる論客には、反論はせずに不敵に笑って見せた。

あなたばか？

という顔だ。決して言葉にはださず、そういう顔をするのだ。これで芸能界が味方についた。アイドルやお笑いのファンからも喝采を浴びた。

半年後には、一躍人気コメンテーターとして土曜の朝の番組のレギュラーを確保することになる。

そうやって世に出てから八年が過ぎた。

いまではテレビのレギュラーは二本、ラジオ一本。週末にはほぼ毎週講演会がはいっている。

『マンハッタン・エージェンシー』にとってもあずさの成功例は、文化人育成というビジネスノウハウとなり、いまは第二の青井あずさを育成中だ。

西尾はこの春、副社長に昇進した。そしてあずさにさらなる高みに昇る道を伝えてきたのだ。

「衆議院選挙に挑戦しないか」

「そこへ行きますか？」

さすがにあずさも戸惑った。

「他にどこに行く？　知名度の次は権力だろ」

あっさりそう言われて、あずさは吹き出した。西尾はいつだって単純明快なのだ。

「そうですよね」

あずさも笑いながら答えた。文化人タレントとして八年もよく持ったものだ。それも入念な西尾のプロデュースのおかげだった。

『無名な新人を有名にするのが芸能マネージャーという仕事の醍醐味《だいごみ》だ』が西尾の口癖だった。そして新人タレントを売り出すのは選挙運動のようなものだとも言っていた。西尾にとって、政治家を生み出すのは究極のプロデュースなのかも知れなかった。

「総理大臣とか衆議院議長とかってどお？　その役やりたくない？」

そんなことをお茶目に言う。

四十五歳で妻子のいる西尾は家族思いで、所属の女子アナやキャスターに対しては潔癖だ。そこがまた信用がおけるところだ。

「総理大臣って、すごい目標だと思う」

そう言った瞬間から政治家になるためのトレーニングを始めた。スタンスは保守に置いた。与党民自党の公認を得ることが芸能界の代弁者として適しているし、『マンハッタン・エージェンシー』の立場としてもよかったからだ。

その時期が来たのだ。

総理の民自党総裁としての任期が終わりに近づき、解散は時間の問題となっている。そしてその民自党はあずさを公認した。新たに誕生した選挙区だ。

＊

タクシーは六本木通りと明治通りの交差点手前でかなり渋滞していた。

急に眠くなってきた。

グラビアの撮影というのは、テレビ出演とはまた違う緊張があった。終始カメラのレンズを向けられ、そのつどさまざまな表情を作らなければならないのだ。モデルの経験のないあずさにはかなり苦痛な仕事だった。

その疲れが出たようだ。

あずさは編集者の池田から貰《もら》ったペットボトルを取り出しミネラルウォーターを一口飲んだ。

明治通りを渡り、渋谷駅のガードをくぐってもまだ渋滞は続いていた。うんざりするほど混んでいる。

どうしたのだろう。

さらに睡魔が襲いかかってきた。

瞼《まぶた》がどうしようもないほど重くなり、あずさはついに目を閉じた。

どのぐらい経《た》ったのかは定かではない。タクシーの扉が開き、誰かが腕を引っ張ったようだ。

あずさは半覚醒状態だった。アルコールは一滴も飲んでいないのに、酩酊《めいてい》しているような気分だ。

焦点の定まらない視界に入ったのは、二子玉川の畔に建つタワーマンション群だった。あずさの部屋もその中にある。

だがその部屋にたどり着くことはできないようだ。

3

寒かった。灯油の匂いがした。

ログハウスらしい。板敷の部屋に寝かされていた。茶色の毛布を掛けられていた。窓から見えるのは闇の中に浮かぶ木々だ。風が強いようだ。枝が揺れ葉が擦れ合う音がする。

夜中であることは確かだ。

部屋に灯《あか》りはついていた。カンテラ風のデザインのライトが天井の梁《はり》からつるされている。

あずさは上半身を起こした。毛布が前に落ちると、乳房がまろびでた。つんと澄ましたピンク色の乳首と白い乳房がライトに照らされて輝いて見えた。

私、なにも着ていない？

あわてて股間にも目をやった。茂みが見えた。小判型に刈り上げた陰毛だ。シルキーホワイトのパンティは剝がされたようだ。

おそるおそる、茂みの下に指を伸ばした。乾いている。凌辱《りょうじょく》はされていないようだ。念のため大陰唇を開いてみた。花びらを触る。少し濡《ぬ》れた。これはいま自分で触ったからだ。

習慣で花びらの上にある女の尖りにも触れてしまった。身体がビクンと揺れて思わずのけ反った。

こんな場面でも快感ポイントに触れると、腰が抜けそうなほどに感じてしまうのだから、女の身体はいやらしく出来ている。触っていると多少なりとも恐怖心が紛れた。

あずさはクリトリスに指を這《は》わせながら、室内を見回した。

六本木のスタジオを出るときに着ていたはずのレモンイエローのタートルネックのニットセーターもベージュのギャザースカートも見当たらなかった。

徐々に脳が覚醒してきた。オナニーで自分を取り戻している感じだ。

部屋の大きさは二十平方メートルほどではないか。丸太で組まれた壁や天井は綺《き》麗《れい》に磨かれており、ここが廃屋などではないことをうかがわせる。

ライトブラウンの三人掛けソファと同じ色のリクライニングソファが向かい合わせに置かれている。間のローテーブルの下に幾何学模様のペルシャ絨毯《じゅうたん》が敷いてあった。模造品ではなく本物だ。

この小屋の持ち主は相応の富裕層であろう。

吹き抜けの二階は四囲《しい》が回廊のようになっていた。回廊の中のひとつの扉が開いた。濃紺のポロシャツにベージュのチノパンの男と白いガウンを着た女が出てきた。女は目隠しされている。男は痩せているが筋肉質で、黒髪の一重瞼だ。

「階段を下りるのは怖いわ」

目隠しされた女が、男の腕に縋《すが》っている。

「大丈夫だ。俺が運んでいく」

男は答えると、女を軽々と抱いて階段を下りてきた。姫抱きだ。男はすぐにあずさの前にやってきた。

あずさの顔を見て、小さく声をあげた。いまこの場で青井あずさだと認識したに違いない。

「これはどういうことですか？」

あずさは毛布で前を隠しながら声を荒げた。

「俺にもわからない。知らないやつに無理やり連れてこられた。言われた通りにしないと家族が痛い目に遭う。それだけだ」

目隠しされた女があずさの前に転がされ、ガウンを剝ぎ取られた。真っ裸だった。乳首の大きな女だった。

「さぁ、マミさんとやら、あんたが相手する女は目の前だ。まっすぐ進んで舐めろよ」

男が言うとマミと呼ばれた女が這ってきた。毛布の上から覆いかぶさってくる。

「な、なによ」

あずさは撥《は》ねのけた。

「ジロー、その女を押さえつけろ」

二階の回廊から男の声がした。しわがれた声だった。あずさの背後、それも頭上からなので顔は見えない。

ジローと呼ばれた男がすぐにあずさの背後に回ってきて羽交い絞めにされた。続いて後ろから足を絡めてきて、無理やりM字に開脚させられる。

「マミさん、大丈夫だ。目の前が女のおまんちょだ」

耳もとでジローが卑猥《ひわい》に言う。

「私、断じてそんなことさせないっ」

あまりの侮辱に、あずさは身体を左右に捻《ひね》って暴れた。けれども、渾身《こんしん》の力を込めても男はびくともしなかった。

「私、女を舐めるのは初めてよ」

マミが目隠しされたまま、あずさの股間に顔を埋めてきた。

「舌でクリトリスを探せ。皮を剥《む》いて尖端《せんたん》を強くしゃぶれ。フェラチオと同じ要領だ」

「わかりました」

マミが舌を伸ばしてきた。まずは肉丘の真ん中の筋を何度も舐められた。舌先が上下に往復を繰り返す。

「ぁあぁ」

男ならすぐに肉襞《にくひだ》を広げて花びらや秘孔の周りを舐めたがるものだが、マミは同性とあってか、まんちょの扱いがとても丁寧だ。

恐ろしさと同時に、女の舌の柔らかさに意識が翻弄された。気持ちよいなど思ってはならないはずなのに、とても気持ちいいのだ。

「んんんんっ」

ちろちろと動く舌がとても焦れったい。焦れったさに、女の性《さが》で腰が浮く。こちらの表情や動きは見えないはずだが、それを感じ取ったのかマミの舌が、いよいよ肉の扉を寛《くつろ》げた。濡れた花がこぼれ出たはずだ。

「マミさん、どうだ。女のまんちょはどんな具合だ。ちゃんとやらないと、あんたは帰してもらえないぜ」

ジローが無頼な感じで言っている。少し芝居がかった言い方だ。

「肉が蕩《とろ》けているようです。花びらは私よりも大きな感じです」

マミは懸命に舌を使いだした。目隠しされているので、集中できているのかも知れなかった。

「ああぁ、やめてっ、私をどうするつもりなのっ」

あずさは言葉だけでも抗《あらが》った。もう股座《またぐら》のほうは疼いてしょうがない。

「俺の仕事はあんたを気持ちよくしてやるだけだ」

ジローは後ろから、左右双方の乳房に手を伸ばしてきた。手のひらで下乳を持ち上げるように揉《も》んできた。

何度も上へ上へと揺さぶられた。乳房の下側から、あるいは外側の脇から快感がじわじわと押し寄せてきた。

「はうっ」

あずさがいままで感じたことのない異次元の疼きだ。

そのあたりを何度も揉みしだかれて、あずさはのたうちまわり、一気に総身が火照りだした。

「そこに性感帯があるのを知らなかったようだな。スペンス乳腺だ。インテリぶっているくせに、女が気持ちよくなるポイントを知らんとは情けないな。そんな女に政治は出来んよ」

ジローの声ではなかった。二階の回廊から降ってくる声だ。

あずさが選挙に出ることを決めてかかっている言い草だ。

「私、政治家になるなんてひと言もいってないわっ。あうっ、いやぁあああっ」

いきなりマミにクリトリスを舐められた。唇で表皮を剝いて、女の赤いダイヤを舌先でべろべろ舐めてくる。

「あぁあああああっ」

身体中に張り巡らされた快楽神経のすべてに刺激がいきわたり、あずさはいっきに頂点に放り投げられた。

「マミさんいいぞ。次はクリマメをちゅうちゅう吸いつけながら、ちょっとだけ嚙《か》んでやれよ。甘嚙みするタイミングは俺が言うから」

ジローの方は相変わらず下乳を持ち上げたり、外乳を微妙に押したりしている。

クリトリスから得る鋭角的な快感とは異なり、じわじわと疼かされ、まだ一度も触って貰えていない乳首が狂乱したように勃起し始めていた。

「はい、言われた通りにします」

マミの声だ。吐く息が荒くなっている。当人も発情しているようだ。

「じゃぁ、マミさん、せーの、で嚙んでくれ。甘嚙みだぞ。強嚙《つよか》みはするな」

「わかっています」

クリトリスを甘嚙みされると聞いただけで、あずさは身もだえした。これまで男の体験数は八人だが、だいたいの男が乳首は軽く嚙んだが、あの尖りを嚙んだ男はいなかった。

あずさは指で相当強く押す方だったので、いったいどんな快感が押し寄せてくるのかと、胸がざわついた。

レイプされているというのに何を期待しているのだ、と自分を叱咤《しった》する。

「せーの」

ジローが声を張り上げた。マミの前歯が尖りの尖端を軽く嚙む。

「あっ、あぁあああ〜ん」

快感が脳天を突き上げた。刺激を受けたのは、股の赤いダイヤだけではない。その瞬間、ジローに左右の乳首をぎゅっと摘まれたのだ。

どえらい快感とはこのことだ。

スペンス乳腺をじわじわと揉まれ、焦れったさで腫れあがった乳首を、とどめを刺すようにぎゅっと潰されたのだ。

一瞬、死ぬのかな？　と思った。死ぬほど気持ちがよいとはまさにこのことだ。

「テレビで女癖の悪い芸人や俳優を一刀両断にしている癖に、乳とサネを虐《いじ》められたら呆気《あっけ》ないねぇ。悶《もだ》えてやんの」

ジローはこれ見よがしに、今度は乳房を搾りたててきた。そうされると乳首がはちきれんばかりに尖った。ポップコーンみたいに膨らみ、しかも硬直しているのだ。

「いやっ」

あずさは激しく首を振った。

どういうわけか股の狭間が濡れるよりも、乳首の勃起のほうが恥ずかしい。男が肉茎を勃起させているのと同じで、発情の様子が女陰よりもありありと見抜かれるからだ。

二階からふたりの男が降りてきた。ふたりを見てあずさは鳥肌が立った。GIカットの体格のよい男が、大型のライトを担ぎ、キャップを後ろ被りにした男が、業務用のデジタルベータカムをぶら提げてきたからだ。通称デジベ。テレビ局でよく見かける取材用のカメラだ。スタジオで使用するカメラよりもコンパクトだが、プロユースの高性能カメラだ。

「なんでもしますから、撮影だけはしないでっ」

あずさは喚《わめ》いた。手足も懸命に動かした。こんな姿を撮られ、ネットで拡散されたら、自分の行く手のすべてが阻まれることになる。

「取引《ディール》は、撮影が終わってからだ」

ふたたび二階から声が降ってきた。あずさの位置からでは、この男の姿だけは、見ることが出来ないのだ。

「ディール？　なんのディールよっ」

あずさは顔を天井に向けて叫んだ。

「うるせっ」

ジローに唾をかけられた。顔にびっちょりだ。

「うわっ、なんてことをっ」

他人に唾をかけられるなど、人生最大の屈辱だ。

あずさはありったけの力を振り絞り、手と太腿《ふともも》に力を込めた。ジローの腕を振りほどこうと手首を掴み、マミの小さな顔をぎゅうぎゅうと圧迫してやる。

「ううううう」

マミが苦悶《くもん》の声を上げる。

だがそれも詮無き抵抗に終わる。マミが前歯でクリトリスをきりりと噛んできたのだ。甘噛みではない。本気噛みだった。

「あうぅうううううううううううう」

悪魔的快楽とはこのことだ。激痛と快感が同時に脳を突き抜けていく。すぐに、ジローも左右の乳首を平らになるまで押し潰してきた。

「痛いっ、いやぁああああっ」

必死でもがいたが、どうにもならなかった。一分以上もその状態を続けられ、あずさは失神した。

激痛と共にかつて体験したことのない絶頂を迎えていた。失神するほどのオルガスムスなど、普通の男女関係で得られるものではない。

気絶していたのが、いったいどのぐらいの時間だったのかは、わからない。

乳首に先ほどよりも甘やかな疼きを感じて、あずさはゆっくりと目を覚ました。やたら眩しい。そして驚いた。いまあずさの乳首を舐めているのは、ジローではなくマミなのだ。

クリトリスに続いて、同性に乳首を舐めしゃぶられるとは。あずさは混乱した。マミはまだ目隠ししたままだ。

あずさとマミは強力な光に煌々《こうこう》と照らされていた。周囲がホワイトアウトする。

「マミさん、乳首を舐めるのが上手いな。けど、両手も休めちゃいけない。右手でクリ豆を擽《くすぐ》って、左手でもうひとつの乳首を摘まんで、適当に引っ張ってやりなよ。俺たちの業界で言う三所責《みところぜ》めだ。孔《あな》に入れて欲しいと叫ぶまで、責めるんだ」

光の向こう側からジローの声がした。

「はい、わかりました」

マミが答え、一気に女のウイークポイントを三か所同時に責め立ててきた。

感じるなんてものではない。

「あうぅうううう。こんなことされたら、私、おかしくなっちゃう」

ふたりにいたぶられ、失神するほどの大絶頂に達したためか、各性感ポイントの感度が以前より数倍増したような感じだ。

「おかしくなってしまえよ」

別の男の声がした。二階にいた男の声だ。いまはジローの近くに立っているようだ。

「あぁ、いやっ、はうっ」

あずさはすでにおかしくなっていた。

マミの唇と指の動きは絶秒で、左右の乳首とクリトリスの感度をどんどん高めてくる。あずさは身体が溶けてしまいそうな錯覚を覚え、徐々に秘孔が居ても立ってもいられない状態になってきた。

追い詰められた。はっきりそう感じた。

もうまんの奥が疼いてどうしようもない。膣《ちつ》の中で何匹もの蚯蚓《みみず》が蠢《うごめ》いている感じなのだ。

「お願い許して。マミさん、もう終わりにしてください、あっ、いやっ、本当にもうだめなの」

息も絶え絶えになりながら、マミの背中に腕を回して懇願した。けれどもマミは首を振るばかりだ。

「あぁあああああ」

マミの人差し指と中指が膣層に潜り込んできた。親指でクリトリスを押さえたまま
まだ。二本の指が繰り返し肉襞を抉《えぐ》り上げてくる。

「あっ、あっ、はうっ」

快楽の極限が近づいてきている。歯を食いしばった。絶頂するのを堪《こら》えているのではない。絶頂する表情をマミや男たちに見られるのが恥ずかしいのだ。

出来るだけ静かにイキたい。

ぬるぬるとした愛液を潤滑油に、マミは指の抜き差しを増し始める。滑るように指を往復させられると、身体中が炎に包まれたように燃え上がり、あずさはがくがくと顎を振らされた。もはやこっそり絶頂を迎えることなど困難で、

「あぁ、もうだめ。いく、いくわ」

と口走りマミに思い切りしがみつかずにはいられなかった。下肢が痙攣《けいれん》を起こし始めていた。

と、突然、ジローの声がした。

「マミさん、そこまでだ。口と手を放して、そのまま尻から後ろにさがってきてください」

「わかりました」

あっという間にマミはあずさの身体から離れ、四つん這いで後ずさりしていく。

あずさは火照ったまま光の輪の中に取り残された。例えようのない喪失感に苛《さいな》まれた。

光の向こうで、誰かがベルトをがちゃがちゃと外す音がした。続いてマミの歓喜の声が上がる。ずんちゅ、ずんちゅ、と男と女の肉が擦れ合う音も聞こえてきた。

——やっているのだ。

あずさは胸を掻き抱いて悶えた。女芽や秘穴の奥がもやもやして、どうしようもない。

その時だ。

ぬっとジローが光の向こうからこちらに入ってきた。素っ裸だ。木刀の尖端のように反り返った肉槍《にくやり》を摩《さす》りながらやってきた。

「普通に前から入れて欲しいか？　それとも最初からバックがいいか？」

「ま、前から入れてください」

あずさの脳内からは「やめてください」という選択肢は消えていた。

「じゃぁ、後ろからだ。四つん這いになれ」

ジローは天邪鬼《あまのじゃく》のように逆の体位を求めてきた。

「は、はいっ」

断っている余裕はない。あずさはすぐに四つん這いになりジローに尻を差し向けた。

「よしっ、挿入してやる」

左右の腰骨のあたりをがっちり押さえたジローがサラミソーセージのような男根を、股の狭間に宛がってきた。最初に肉の尖りでクリトリスを擦られた。

「はうぅう」

あずさは顎を大きく突き上げ、狂乱の声を上げた。股間からくる歓喜の疼きに、尻山が痙攣し、脚がガクガクと揺れた。

亀頭の尖端がとろ蜜に塗《まみ》れているはずの秘穴をぐっとこじ開けてきた。

「あぁあああああああああああああ」

生温かいけれども鋼鉄のように硬直した棹《さお》が、ずぶずぶと膣層に押し入ってくる。

鋭角に張り出した鰓《えら》に感度が最大限までに高められた膣層を抉られると、ひとたまりもなかった。

「もうだめっ。あぁ、私、いっちゃうっ。あっ、あっ、はうっ、ぐっと奥まで貫いてっ」

正気を失い、あられもない言葉が口を衝《つ》く。めちゃめちゃに擦って欲しい衝動に駆られる。

ところが子宮をがつんと突いたところで、ジローは動きを止めた。

「次の衆院選に出るんだな？」

光の向こう側にいる男が聞いてきた。こんなときに聞かれて慌てふためいた。いまのあずさはそれどころではない。擦りたくて、擦りたくてしょうがなくなっている。

「えっ、出るなと？　これはそういう威嚇《いかく》行為なの？」

テレビに出ているときと同じ口調で答えた。ときに視聴者から傲慢と批判される口調だ。あずさとしては精一杯の抵抗のつもりだった。

本音はそんなことはどうでもよいので、早く膣の中を抉って欲しい。

男は黙った。マミの歓声が聞こえてくる。ジローは亀頭を浅瀬に引いていく。

どういうことだ。

あずさはみずから腰を動かし始めた。こんなはしたない行為は初めてだ。背後から刺さっている肉棒を膣孔を懸命に窄《すぼ》めて、尻を前後させる。くちゅっ、くちゅっと肉擦れの音がした。

ふたたび快感がじわじわと押し寄せてきた。こんどこそもっと大きな絶頂を迎えたい。頭の中はそのことでいっぱいだ。

マミが『いくぅううう』と叫ぶ声が聞こえ、あずさは一層卑猥な気分にさせられた。

男の息を吐く音が何度か聞こえ、続いてファスナーが上がり、ベルトを締める音も聞こえた。行為が終わったということか。

「選挙にはぜひ出て欲しい。あんたの知名度があればほぼ当選間違いなしだ」

男の声と同時にカメラのレンズが顔の前にやってきた。キャップを後ろ被りにした男が担ぎ、腹ばいになりながらあずさの顔と後ろに掲げられた尻山を収めているようだ。

「いやっ、顔なんか撮らないでくださいっ」

あずさは顔を横に向けた。その瞬間にジローが腰を揺すってきた。全身がかっと熱くなった。絶頂直前の女を支配するのは平手打ちなどではなく、挿入したままの棹を動かすことだ。

ずいっ、ずいっ、と出没運動を仕掛けてくる。

「あぁああああああ、私をどうしたいんですかっ」

「東京三十二区に立ってくれ」

あずさがそもそも民自党から立とうとしている選挙区だ。だが何故、この男は、そんなことをいうのだ。しかもこんなレイプまがいのことをしながら。

「あなたの目的は何？」

切羽詰まりながらも、腰を打ち返しながら聞いた。

「空は好きか？」

唐突にそう聞かれた。こんなときに哲学問答だろうか。一体どんな男かと首を曲げて振り返ろうとしたが、そのタイミングでジローが突如ストロークの速度をあげてきたので、耐えられず前を向いた。

「普通に好きよっ。空が嫌いな人なんかいないでしょうっ」

「なら大空は好きか？」

「好きよ」

もうこんな問答はどうでもいい。早くフィニッシュ態勢に入って欲しい。

「じゃぁ、大空が好きだと言えよ」

カメラのレンズがぴたりとあずさの顔の前にある。

「大空が好きよ」

快感に顔を引き攣《つ》らせながら叫ぶように言った。

「だったら東京三十二区で『大空の党』から出馬してもらおう」

「えっ」

つぎの瞬間、ジローに身体を裏返された。正常位で思い切り責め立ててきた。

「あぁあああああああああっ、いくぅうううううううう」

信じられないほど大きな声をあげて、あずさは極みに昇った。ライトの向こう側にちらりと見えた男はサングラスをかけていた。

第二章　闇を走る

1

十月十八日。午後二時三十分。

神野徹也《かみのてつや》は旧車を駆って横浜に向かっていた。念願かなって半年前に手に入れた一九六〇年前期型セドリック一九〇〇カスタムだ。

三か月ほどかけて完全レストアした上に、あらたに特殊仕様をいくつか施している。当然マニュアルシフトでボディカラーはブルーブラック。

誰もが振り向く、イカした車だ。

晩秋の風を切って、第三京浜《けいひん》を保土ヶ谷《ほどがや》に向かって進む。縦型のデュアルヘッドライトのフロントグリルがバックミラーに映ったのか、前を行く赤いポルシェマカンがすっと左車線に移動し、道を開けてくれた。

ロールス、ポルシェ、メルセデス、レクサスの高級車は金さえ積めば手に入れられるが、五年もすれば価値は半分以下になる。

そこにいくと旧車、とくに希少価値の高い車は骨董《こっとう》的な価値があるものだ。オートマチック車とは異なり、ギアを好き勝手に選べる快感もある。スローダウンさせる際に、トップからいきなりセカンド、ローへ落とし、ドスンと振動を受ける醍醐味《だいごみ》は、いまどきの車では味わえない。

神野は新宿歌舞伎町《しんじゅくかぶきちょう》を縄張りにする『関東舞闘会《ぶとうかい》神野組』の組長だが、もともとは暴走族『横浜舞闘連合』の副長だった。

ときの総長であった黒井健人《くろいけんと》の生きざまに惚《ほ》れ込んで、この命と身を預けたところ、三年後には横浜から関東全域の極道を制して任侠《にんきょう》団体関東舞闘会と称するようになった。

そしてその二年後、神野は驚愕《きょうがく》の事実を知らされた。

黒井健人は内閣情報調査室直轄の市中潜入員だったのだ。

内閣府入庁時から二年間の特殊訓練を受け、永田町《ながたちょう》の庁舎には一度も配属されることなく、訓練後は一般市民として野に放たれた。

そして徒手空拳の末に作りあげたのが、暴走族を基盤とした半グレ集団であり、その後任俠団体にまで成長させたのだった。

関東舞闘会はいわば国の税金が投入された極道一家である。

その事実を知らされると同時に神野は黒井に請われて、特別国家公務員になった。採用試験を受けない、任命による国家公務員である。

ただのバイクと喧嘩《けんか》好きの工業高校中退の神野が、黒井のしたで暴れまわっているうちに国家公務員になり、いつのまにか巨悪と闘う羽目になったのだ。

まったく世の中、判《わか》らないものだ。

時速百キロで快調に走行していると、じきに保土ケ谷料金所が見えてきた。

背後に真っ赤なメルセデスのカブリオレがいる。

横浜ナンバーだ。

ステアリングを握っているのはポニーテールの頭にサングラスを乗せた若い女だ。涼しげな顔に花柄のワンピースがよく似合っている。いかにも山手《やまて》あたりに住むセレブという雰囲気だ。

「すかしてんな」

神野はトップギアを一気にローに入れた。

初代セドリックは、つんのめるように減速し、排気口から黒煙が飛び出す。屁《へ》のように臭い煙だ。

赤いメルセデスのカブリオレが、その黒煙に包まれた。

女が噎《む》せながら顔の前で手を振っている。

整っていた顔が思い切り歪《ゆが》み、敵意丸出しの視線をセドリックに向けてきた。なまじカブリオレなので顔まで煤《すす》だらけだ。

ちょいと意地悪が過ぎたかもしれない。

神野はバックミラーに向かって『すまない』と言いながら手を二度振ったが、女の目は吊《つ》り上がったままだった。

教訓を贈りたい。

カブリオレやコンバーチブルなどのオープンカーでは、決してトラックや旧車の背後にはつかないことだ。

神野は口笛を吹きながらゲートをくぐった。

保土ヶ谷料金所を出てからは、首都高に入り横浜公園出口を目指す。

純正よりもスプリングを利かせた初代セドリックは、旧《ふる》いアメリカ車のように、ブレーキングするたびにボンボンと弾みながら走行していた。二車線の首都高では第三京浜以上に人目を引き、並行した車は必ず運転席の神野に視線を送ってくる。神野はそのたびに、パナマ帽の庇《ひさし》を上げて笑顔をつくった。久しぶりに横浜ボーイに戻った気分だ。

横浜駅東口の百貨店『ＳＯＧＯ』の看板を見やり、みなとみらいを過ぎればじきに横浜公園出口だ。

かつて、この首都高を黒井と共に、ナナハンで蛇行しながら走ったことを思い出す。壮絶な白バイとのバトルは、青春の大切な思い出だ。まさかその自分が、国家公務員になり、半グレ集団を壊滅させたりする側に回るとは思いもしなかった。

横浜公園出口だ。

テールをバウンドさせながら降りて、横浜スタジアムを左手に眺めながら、大桟橋通りを港に向かって進む。

潮風が漂ってくるじゃないか。やっぱりハマはいい。神野は思い切り息を吸い込んだ。

大桟橋の手前、ランドマークにもなっている北欧料理のレストラン『スカンディヤ』を横目で眺めながら右折する。

久しぶりにこの店の『めりけん弁当』が食いたくなったが、予約なしでは購入できない。

山下《やました》公園通りに入るなりオフホワイトのフォード・サンダーバードが停車しているのが目に入った。

一九五五年型の第一世代。独特のフィンテールとハードトップが特徴の憧れのモデルだ。

運転席からエルビス・プレスリーが降りてきてもおかしくないレトロカーだが、降りてきたのはサングラスをかけた黒井健人だった。

「神野、遅《お》せぇじゃないか」

濃紺にチョークストライプのダブルのスーツ。それにダークブラウンのボルサリーノを被っている。

「オヤジ、アル・カポネのコスプレですか」

さもなくば、麻生太郎《あそうたろう》だ。

「ばかいえ。今日の取引《かけあい》は、相手に合わせてこの格好じゃないとなんねぇのよ」

黒井はさらに葉巻まで咥《くわ》えた。マニラ産のタバカレラだ。軽く吸い込んだ割にはぶわっと入道雲のような煙を吐いた。

完全に遊んでいる——神野はそう思った。

「すみません、揃《そろ》えてくれればよかったんですが、こんなチンピラの格好ですみません」

神野はパナマ帽にベージュの麻のスーツ。中は黄色に椰子《やし》の木をあしらったアロハだ。

「充分キメてるじゃないか」

と黒井。

黒井と神野は旧車に嵌《は》まると同時に、五〇年代ハードボイルドファッションにも凝るようになっていた。

黒井に至っては、サンダーバードやもう一台の愛車である一九五〇年型パッカード・クリッパーの助手席には必ず、チャンドラーやハメットのパルプマガジンまで置く凝りようだ。

真似《まね》して神野は初代セドリックの助手席に大藪春彦《おおやぶはるひこ》の文庫を置くことにした。ふたりがこの格好で並ぶと、そこいらの半グレグループも怖《おそ》れをなすのか、はたまた単に引いてしまうのか、必ず道を開ける。

近頃では神野組の若衆も総長や組長を真似て、オールドギャングスタイルを取り入れる者が増えている。歌舞伎町ではひと目で神野組の者と認識されるので、むしろわかりやすくなった。

旧車は仕入れたら自分たちで改造している。組員も族上がりなので、改造はお手のものだ。

見た目はヴィンテージカーでも、実は戦闘車両に作り替えられている。神野の初代セドリックも黒井のサンダーバードもEN－B5というサブマシンガンにも耐えられる防弾性能を有している。

EN－B5とは欧州標準化委員会が示す民生防弾車両の最高レベルを表す規格である。

「オヤジ、交渉の前に走るんですよね」

「おうよ。本牧《ほんもく》まで走って、山手に戻ってくる」

バイクで走ったあの頃と同じコースだ。

初代同士のセドリックとサンダーバードは並んでエンジンをふかした。トラとライオンが揃えて声を上げているような感じだ。

3、2、1。

赤と濃紺の二台が本牧ふ頭に向かってスタートを切った。公園前の通りには普通に車が行き交っている。お構いなしだ。

反対車線に飛び出しながら、次々に前の車を躱《かわ》していく。モンスターのような轟《ごう》音《おん》を響かせながら、日頃見たこともないような車がやってくるのだから、先行車も対向車も驚いてブレーキを踏む。その隙間を縫って飛ばすのが快感なのだ。

黒井も神野も腕は衰えていなかった。

何なく新山下を過ぎ、本牧の山の方へと向かう。

途中、どこかの直線でお化けのような旧車でドリフトターンをするつもりだ。

磨き上げたとはいえ、約六十年前の大型車が、機敏にドリフトターンするとは思わないだろう。

改造の出来ばえをテストするのもふたりの目的だった。

それともうひとつ、これぐらい反社的な行為をしなければ、極道であるという証《あか》明《し》も立たない。

黒井と神野は極道の衣《ころも》を被ることによって、悪と接し、また非合法な捜査を繰り返すことが出来るのだ。

小港橋《こみなとばし》を渡って本牧サイドに切り込む。ここから神奈川県警山手警察署が左手に見えるまで、一直線だ。

オヤジは、警察署の前でやるつもりだ。

一般道を時速百キロ。

サンダーバードのフィンテールにセドリックのバンパーがくっつきそうなほど接近して走る。サンダーバードはどちらかといえば女性的なデザインで、セドリックは男性的だ。六〇年代のカップルがじゃれ合っているような按配《あんばい》だ。

角地に立つ山手警察署が見えてきた。

サンダーバードがシフトダウンした。時速百キロぐらいで一気にシフトダウンだ。車が吠《ほ》えた。白煙を上げて路面から三十センチほど浮き上がる。宙に舞ったまま向きが反対方向に変わった。

――さすがオヤジだぜ。

それはトランポリンの選手が、空中でくるりと身体《からだ》を変える様子に似ていた。サンダーバードは、バウンという音と共に地にタイヤを付け、向きを変えて反対車線に入っていた。

神野の番だった。

「あれほど華麗にはいかねぇ」

ブレーキは踏まずにコラムレバーをトップからローに落とす。車が軋《きし》む音がした。

まずはつんのめる。

そもそもはＧ型四気筒の一五〇〇ＣＣだった車だが、Ｖ型十二気筒五〇〇〇ＣＣに改良してある。防弾仕様にしたため重量が増えたことを補い、さらにパワーを上げたわけだ。同時にサスペンションも大幅改良した。スプリングの強度をあげ、車が浮きやすくした。

一度つんのめった怪物セドリックは、前輪と後輪のバウンドを繰り返しながら、合計三バウンドでコの字を描き、反対車線に移った。

サンダーバードよりも不格好な曲がり方だが、このほうが威嚇力は充分だ。恐怖のあまり対向車はもちろん周囲の車はすべて停車していた。

警察署の前で六尺棒を持っていた立ち番が、血相を変えて署内に飛び込んでいった。

「神野、おめぇの車は、バッタかよ？」

車載スピーカーから黒井の声が聞こえた。

「こんなデカいバッタはいないでしょう。カバが飛んだって感じでしょうよ。不気味じゃねぇっすか」

サンダーバードの尻を見ながら言う。ブルートゥースだ。車は六十年以上も前のものだが、設備は最新なのだ。

「不気味過ぎる。よしっ、代官坂《だいかんざか》のダンスホールまでかっとばすぜ」

「へいっ」

二台は轟音《ごうおん》を上げて山手本通りへと向かった。

2

午後四時三十分。代官坂のダンスホール『C』に着いた。

レトロなんてもんじゃない。

一九五五年型のサンダーバードも一九六〇年型のセドリックも、このダンスホールの趣《おもむき》には敵《かな》いそうにない。

創業は一九四六年で、もとはナイトクラブだったところだ。パーキングにはすでに一台の車が止まっていた。

オールズモビル88。一九四九年型。色は黒。まさしくチャンドラーの小説の中で、フィリップ・マーロウが乗っていた車だ。

こいつにはオヤジも負けを認めた。

午後四時三十五分。

クラシックホテルを思わせる店内は、床の隅々まで磨き抜かれていた。開店したばかりの店内にはまだ客がいない。

神野は黒井の後について階段を上がる。ここの手すりも見事に磨かれていた。昭和の各界の大物たちがこの階段を上り、密談の席に向かったに違いない。

第三京浜が出来る前の頃だ。一般道の第二京浜をいまは懐かしい日産パッカードやプリンスグロリアで飛ばしてきたらしい。

横浜も変わり、車のデザインも変わったが、ここは往時のままの姿を残している、数少ない昭和の遺構だ。

ダンスフロアを見下ろす二階のバルコニー席には先客がいた。オールズモビル88の持ち主であろう。

白髪に偏光サングラスをかけた痩せた老人だ。黒井と同じ濃紺にチョークストライプのダブルを着ている。横の椅子にやはり黒井と同じ色とデザインのボルサリーノを置いていた。

モヒートをやっている。八十二歳のはずだ。おそらくホワイトラムを抜いたノンアルのモヒートだ。

「坂東《ばんどう》さん。さすが時間よりも早くに到着していますね」

黒井がボルサリーノを取り会釈しながら、老人の目の前に腰を下ろした。

「黒井さんもさすがだ。まだ三十分も前だ」

老人が赤い顔のままピーナッツを嚙《か》んだ。

神野は黒井の背後に立ったままだ。

この手の会談の席では、トップ以外は勝手に席にはつかない。促されるのを待つのだ。

「歌舞伎町の組長さんが立ったままというのは、この場にそぐいません。どうぞおかけに」

坂東が静かな声でいい、神野を見上げてくる。偏光サングラスの奥に見える目は、神野も一瞬たじろぐほどの鋭い光を放っていた。

黒井も頷《うなず》いたので、神野は席に着いた。お互いジンジャーエールを頼む。いまどきの極道は掛け合いの席で酒はやらない。

「駐車場でオールズモビル88、拝見しました。譲っていただけるなんて光栄ですよ。でも本当は手放したくないんじゃないですか」

黒井がいきなり切り出した。

「ええ、あれは一九五二年に父親が進駐軍の将校から買ったもので、私は十八になったときに譲り受けました。かれこれ六十四年も所有していますが、手入れが大変でしてね。もう金が続かなくなりました。黒井さんのような好事家《こうずか》に引き取っていただければ、これほどうれしいことはないです。手入れ次第でさらに五十年は走るでしょう」

坂東が淡々と言っている。

「で、おいくらで譲っていただけるんでしょうね」

黒井がちょうど運ばれて来たジンジャーエールを手元に引き寄せながら聞いた。

「現金は要らない。米国に安全家《セーフハウス》を用意して欲しい。百まで生きるつもりだから、後十八年、普通の老人として暮らしたい」

坂東がじっと黒井の目を見ながら言った。坂東克久《かつひさ》。それは日本名だ。本名は幡《ばん》新輝《しんき》。伊勢佐木町界隈《いせざききちょうかいわい》では通称レイモンド幡として通っている。台湾系中国人だが二十歳の頃に帰化していた。

坂東は伊勢佐木町に『レイモンド交易』という会社を構え家具や雑貨の輸入を営んでいるが、典型的な華僑《かきょう》マフィアだ。

そしていつの頃からか、中国共産党情報部の諜報員《ちょうほういん》となっていた。

所属は海外工作が専門の情報第三部――通称紅豹《べにひょう》機関だ。

紅豹機関は本土から派遣されるよりも、むしろもともとその国で育った中国人を登用することが多い。

坂東もそのひとりに選ばれ、かわりに華僑としてのビジネスには中南海から便宜を供与されていたわけだ。

内閣情報調査室《サイロ》の市中潜伏員である黒井は、日本にも開設された中国の海外警察の内偵をしていたところ、その連携相手として、坂東の存在に気づいた。半年前のことだ。

華僑として主に与党に協力し、中国共産党にとって都合のよい政策を行わせるようにしむけている、とサイロも警視庁の公安部《ハム》も見立てていた。

が、それこそが坂東の演技にまんまと嵌《は》まっていただけのことだった。

調べていくうちに徐々に坂東が反体制派であることも嗅ぎつけた。

狡猾《こうかつ》な坂東は、中国共産党の諜報協力をしながら、横浜を拠点に華僑マフィアの有志を募り、共産党政権打倒を画策していたのだ。

つまり二重諜報員《ダブル》だったわけだ。

香港《ホンコン》自由派や台湾の独立派を密《ひそ》かに援助していたのだ。

黒井がそのことに気づいたのは、極道として横浜の覇権を握るために闘っていた際に、裏でロシア系や上海《シャンハイ》系のマフィアを徹底的に封じ込めていたのが、坂東だったからだ。

普通ならば暴力を背景にする反社会的団体ならば、混乱に乗じて縄張りを奪おうとするものだ。

黒井はそれを一番恐れていた。のちに神野も知ることになるのだが、関東舞闘会の初期の目標は外国系暴力集団から日本の闇社会を守ることだったのだ。

国家機関が日本の闇社会を守るとは、一見、矛盾している政策に聞こえるかもしれないが、世の中はきれいごとではすまされない。

闇社会が他国に乗っ取られれば、いずれ経済、政治も蝕《むしば》まれることになるのは必然だ。

「レイモンド商会を引き継ぐ者はいないのですか」

黒井が聞いた。

「いない。そもそも両親がやっていた商売を引き継ぎ会社組織にしたものだ。私には子供も兄弟もいない。だから終わりにする。残務整理は総務部長の芦田《あしだ》がするが、奴《やつ》は表のビジネスしか知らない」

坂東は表情ひとつ変えず、淡々としていた。

「わかった。すでに米国との段取りはついている。これから、すぐに発《た》てるか？」

「そのつもりで、パスポート含めてすべて書類を用意してきた。それとこれが、永田町と霞《かすみ》が関《せき》、それにマスコミ関係のレッドマンリストだ。先にここにきて、書き出した。私の頭の中にだけしまってあったデータだ。好きに使えばいい。ただし接触には充分気を付けたほうがいい。接触者は北京《ペキン》に筒抜けになる」

坂東がＡ４のコピー用紙を一枚出した。几帳面《きちょうめん》な文字で、五十名ほどの名前が書きこまれていた。すべて暗号である。解読表は黒井の頭の中にあるはずだ。

レッドマンとは中国情報部の協力者ということだ。

「素晴らしい置き土産に感謝する。だが、どうやってこれだけ多数の者を手籠めにかけたのかね？」

黒井はＡ４用紙を折り畳み、胸の内ポケットに仕舞い込みながら、葉巻を取り出した。

「それは言えない」

坂東は首を振った。たぶん拳銃を突きつけても言わないだろう。

「わかった。そのぐらいは自分たちで調べるさ」

「それと老人の前で葉巻は遠慮してもらいたいな。肺がだいぶ痛んでいる」

タバカレラの尖端にオイルライターで火を付けようとした黒井が制された。黒井があっさりオイルライターをひっこめる。

「オールズモビル88だが、そちらの工場でオーバーホールすることをお勧めする。エンジンはいいが、問題はシャーシだ。骨組みがだいぶ腐食している。出来れば新しいフレームに作り替えたほうがいいだろう」

旧車の話に戻したのは、もうこれ以上話すことはない、という意思表示だろう。

「あのレジェンドを分解するのが楽しみだ。そうと決まれば長居は禁物だ。出ましょうかね」

黒井がジンジャーエールを一口だけ啜《すす》った。坂東はスーツのポケットからキーを取り出し、テーブルの上を滑らせてきた。黒井が手のひらで押さえる。

三人は立ち上がった。

「こいつのセドリックで送ります。ボンボン弾みますが完全防弾車です。居眠りしている間にアメリカにつきますよ」

黒井が笑った。

手順通りだった。黒井はサンダーバードを置いたまま、オールズモビル88で伊勢佐木町に行く。

坂東を送る役は神野だ。

ダンスホールのステージに専属バンドが上がり始めた。フルバンドだ。軽く楽器の調整をしている。客もぼちぼち入り始めていた。

坂東が立ち上がりボルサリーノを被る。瘦せてはいるが、身長は黒井と変わらない。遠目にはどちらかわからない。

ホールの従業員に頼み、オールズモビル88と初代セドリックを正面エントランスの前に付けてもらった。

先頭のオールズモビル88に黒井が素早く乗り込んだ。神野はセドリックに乗り込み実は自動ドアになっている後方の扉を開けた。坂東は素早く乗り込んだ。

「ではごゆっくり。安全運転でお届けします」

「どうせテストドライブじゃろう。どんな欠点があるかまだ判らない車に乗るのは、心臓に悪い。無事を祈るしかないがね」

そういうと坂東はシートに深々と身体を沈め、目を瞑《つぶ》った。

代官坂を二台の旧車が夕暮れ迫る横浜港に向かってゆっくり下りていく。関内《かんない》の駅前でオールズモビル88と別れ、セドリックは横浜駅西口から県道十三号を走り浅《せん》間台《げんだい》、三ッ沢《みつざわ》へと山側に向かい保土ヶ谷インターを上がる。新横浜通りだ。

新保土ヶ谷で降りてからは国道十六号をひた走る。

県道十八号の交差点を越え、上に東名高速が見えてきた辺りで、ルームミラーに五台のバイクが見えてきた。陽はとっぷりと暮れている。ヘッドライトが五つ、闇の中に火の玉が浮かんでいるような感じで迫ってくる。

「ちっ、もうちょいなのに囮《デコイ》がバレちまったようです」

「紅豹機関の連中なら背中にＡＫ40ぐらい背負っていてもおかしくないぞ」

坂東が首を竦《すく》めた。

「マシンガンの弾にも耐えられる防弾性を持っていると聞いてますので、坂東さん、怖がらずに背筋を伸ばしてください」

「まだ一度も撃たれたことはないんだろう。私を試射用にするつもりかね。ハチの巣にされるのは勘弁して欲しいね」

坂東の顔が曇る。

「ボニー・アンド・クライドみたいな最期もかっこいいじゃないですか。その時は俺も一緒だし」

神野はパナマ帽の庇をちょいとあげた。

「あの世へ送ってくれとは頼んだ覚えないがね」

坂東が腹を括《くく》ったように背筋を伸ばすと、いきなり二台のバイクがセドリックの真後ろについた。

坂東の言う通りライダーは背負った筒からサブマシンガンを取り出した。初代セドリックのリアウインドウを狙っている。確実に坂東の頭を撃ち砕こうとしているようだ。

「坂東さん、やっぱり頭は下げてくれませんか」

「何だよ、自信ないのかね」

坂東の顔が歪む。

刹那、マシンガンがオレンジ色のマズルフラッシュを上げた。二台同時に撃ってきた。ガガガガと音を立てているようだが、あまり聞こえない。この車は防音性にも優れた設計になっているのだ。

黒のフルフェースを被ったライダーが首を傾《かし》げている。弾は貫通するどころかめり込みもせず、弾《はじ》き返されているのだ。

周囲にばらばらと弾丸が飛び散っているはずだ。

「しかし、生きた心地がせんな」

坂東が後頭部を撫《な》でながら言っている。

「申し訳ありません。うざいので蹴散らします。坂東さん、前のシートに摑まってください。この車、少々バウンドが大きいので」

そう伝え、坂東が体勢を低くし両手で助手席のシートを摑んだのを確認し、神野は思い切りブレーキを踏んだ。

初代セドリックのリアが大きくバウンドした。制御が利かずに飛び込んできたオートバイ二台の前輪にバンパーが叩《たた》き落とされた。

ライダーはつんのめり宙に飛んだ。乗り手がいなくなったオートバイが路上を滑る。後続の三台のうち一台が、その残骸を避けきれず、対向車線に飛び出していく。やってきたトラックが急停車したので、死なずに済んだようだ。

「ちっ、二台がまだ追ってくるので、こいつらは自主的に停車させます」

神野は走行メーターの下にあるレバーに手をかけた。紫色の取っ手である。

「そんなことさせられるのかね」

まだ安全姿勢を取っている坂東が聞いてきた。

「はい、彼らはたぶん止まって、逃げていきます」

神野はレバーを引いた。

リアバンパーの下、排気口の脇にさらにふたつの口がある。そこから、ぶわっと紫煙が吹き出した。

煙幕というほどの大げさなものではない。ジェット噴流に近い。

屁のようにぶわっ、ぶびぶびと音を立てて出る。

世界一臭い食べ物といわれるシュールストレミングの濃色エキスを吐き出してるのだ。シュールストレミングは北欧名物のニシンの塩漬けだが、とにかく臭い。主に缶詰にして売られているが、開けたとたんに鼻がもげそうになる。

噴射したのはそいつをさらに濃縮した液体だった。ふたりのヘルメットを直撃する。

たぶん吐く。

糞《くそ》よりも臭い噴流を食らったライダーふたりが、急停車してバイクを路肩に運び、ヘルメットを地面に叩きつけていた。ヘルメットの下には毛糸のバラクラバを被っていたが、その毛糸にも付着してしまったようだ。

あれは辛い。

ライダーたちはエドヴァルド・ムンクの『叫び』に似たポーズを取り、バラクラバを剝ぎ取った。素顔が現れる。ふたりともスキンヘッドだった。鼻と口を押さえながら後方へと逃げていった。

ドライブレコーダーにその様子は収まっているはずだ。

いずれ人物特定が出来るだろう。

「なんとも無粋な工作だね。中国の海外警察ならもう少し直接的なやり方をする」

中国の海外警察『海外一一〇番《ハイワイヤオヤオリン》』は、表向きオンライン詐欺の自国民被害者や書類の更新など事務手続きの支援の提供をおこなっていると主張しているが、実際には外国にいる反体制派の自国民を監視、拉致する秘密警察的な役割を担っている。

そこが坂東の動きに気付いたということだ。

「俺たち、日本の極道ですから」

そこからはフルスピードで疾走した。坂東もふたたび背もたれに身体を沈めている。

米陸軍座間《ざま》キャンプのゲートに辿《たど》りつくと、ナンバーを見ただけで遮断機は上げられた。

入ってしまえば勝ちだった。フェンスのこっちはアメリカなのだ。

基地内のメインストリートを進むと、将校がひとり立っていた。セドリックに向かって親指を立てている。

ここで降ろせということだ。

「パスポートは必要ありません。坂東さんの出国記録も残りません。メインランドのどこの基地に向かう機に乗せられるのかは、自分も知らされていないのです」

神野は自動ドアを開けながら言った。

「見事な計らいだ。諸君に感謝する。日本はこれから大変な政局を迎えるだろう。華僑マフィアはきみたちには手を貸すだろう」

坂東が降りていった。白人の将校が坂東と握手を交わし、オフィスの中へと先導していった。

神野はUターンした。ゲートを出るとすぐに黒井から電話が入った。

「サイロのボスから新しいミッションが入った。これから総理公邸に来てくれ」

「この車で、公邸ですか?」

「この際、構わんよ。公邸の警備員には連絡しておく」

黒井の声はいつもと変わらず落ち着いたものだったが、ただならぬ事が起こっているのは間違いない。

裏部隊である自分たちが総理公邸に上がるなど、本来ありえないことのはずだ。

神野は武者震いをしながらアクセルを踏んだ。

3

「あっ！」

とその女は声をあげた。総理公邸の駐車場。

神野がセドリックを所定の位置に止めて降りたとたん、目の前に止めた赤のメルセデスのカブリオレから、すらりとした背の高い女が降りてきたのだ。

約八時間前に第三京浜の保土ヶ谷料金所付近で、神野のセドリックが屁をかけた女のようだった。

「やぁ」

と神野は手を挙げた。この女も諜報関係者ということか？

「そのポンコツ、排ガス規制違反じゃないかしら」

「あいにく規制以前の製造車両なので適用外だ」

実際、初代セドリックにはシートベルトもヘッドレストもない。それでも車検は通るのだ。法令の不遡及《ふそきゅう》の原則だ。その規制が出来る以前に市場に出た車は、新たな規制の適用外である。排ガス規制も受けない。

「迷惑もいいところだわ」

「そっちはずいぶんと洒落《しゃれ》た覆面車《メンパト》に乗っているな」

神野は赤いメルセデスを指差した。

「違うわよ。これはこちらの車よ」

と女は公邸を指さした。総理の家族の車らしい。

「その車に乗っていたのはなぜだ」

「その質問に答えるのは中に入ってからよ」

女と一緒に公邸の正面玄関から入った。官邸に隣接する公邸は、一九二九年から二〇〇二年までは官邸だった由緒正しき建築物だ。

総理はその歴史的建造物の中に住んでいることになる。

扉を開けると正面の中央に大階段がある。煉瓦《れんが》の壁と天井のシャンデリアはまるで貴族の館だ。

かつてはあの大階段で新内閣の閣僚が並ぶ写真が撮られていた。吉田茂《よしだしげる》も岸信介《きしのぶすけ》もここに立ったのだと思うと感慨深い。

「神野さんと秋川《あきかわ》さんですね。こちらへ」

官邸秘書官らしい初老の男が案内してくれた。邸内はいろいろと立ち入り禁止の規制線が張られていた。

晩餐《ばんさん》会ホールや賓客《ひんきゃく》との対面ロビーなど公的に使用される場所や、歴史遺産的な部屋もあるため、総理の家といっても全てを自由に使用しているわけではなさそうだ。むしろ総理は日本の政治史の記念館に住んでいるということになる。

まるで住み込みの管理人だな。

神野は胸底で毒づいた。

総理の私用ゾーンはかなり奥まった位置にある。会議室に通された。マホガニーの楕円《だえん》形の大きなテーブルにすでに四人の男女が座っている。

中年の品のある女性と男性三人だ。ひとりは黒井だった。

「うちの神野です。わけあって暴力団に潜入しているので、こんな格好をしております」

黒井が神野を品のよい女性に紹介した。

「藤林百合《ゆり》です。お忙しい中、申し訳ありません」

女性が立ち上がって頭を下げた。内閣総理大臣、藤林正尚《まさなお》の妻、百合であろう。

「とんでもありません」

神野は畏《かしこ》まった。

「神野、座れ。内調《サイロ》の内海達郎《うつみたつろう》部長と警視庁の警備部の中村雄三《なかむらゆうぞう》次長だ」

黒井がふたりのキャリア官僚と思える中年を紹介してくれた。サイロのボスはこの場にいないようだ。

「私はSPの秋川涼子《りょうこ》です」

一緒に入ってきた女が、神野に向き直って軽く敬礼した。神野も会釈は返した。

ふたりは並んで大テーブルの席についた。

「総理の娘さんが消息を絶った」

警視庁警備部の中村が苦い薬でも飲んだような顔した。

「二度手間になりますが、黒井君と神野君に判《わか》るように説明願います。ここに入るまでふたりには緊急事態としか話していません」

サイロの内海が促した。中村が「わかりました」と頷き続けた。

「『千代田《ちよだ》中央美術館』に嘱託として勤務している総理の長女藤林真美さんが十月十七日から何の連絡もなく出勤していない。真美さんは南青山の私邸にお住まいで、そちらから通勤しているが十五日の朝に家を出て以来連絡がない」

「真美さんはおいくつでしょうか?」

黒井が聞いた。

「二十八歳です」

総理夫人が答えた。

「立派な大人ではあるが、これまで何の連絡もなく外泊したことはないそうだ」

警視庁の中村が付け加えた。

総理の長女でもなければ、現時点でそれほど慌てることもないだろう。その年齢で親元から離れて暮らしている娘は大勢いるし、実家で暮らしていても、二日ぐらい帰ってこないことはいくらでもあるではないか。神野はそんなふうに思った。

「真美さんは出勤すると言って出ていったが、美術館に確認すると、十五日の火曜日は出勤日ではなかった。千代田中央美術館は月二度の休館日があるが、それ以外は土日も開館している。だが嘱託職員である真美さんは週に三日の勤務で、毎月、勤務する曜日は変わっていたそうだ」

中村が言う。

「それで、私驚いたんです。真美は平日は毎日通っていると言ってましたからね。まさか別な仕事をしていたなんて、いまだに信じられないんです」

夫人は表情を曇らせ、視線をテーブルに落とした。

「別な仕事を？」

神野が聞き返した。

「それが……」

中村が言い淀《よど》んだ。

「ありえません。そんなこと嘘に決まっています」

百合が聞きたくないというように、両手で顔を覆い激しく首を横に振った。

「吉原で働いていたようだ。捜査一課《ソウイチ》の捜査支援分析センター《SSBC》の手を借りて、その日の真美さんの足取りを追った結果だ」

中村が百合の顔を見ようとはせず、黒井と神野を交互に見ながら言ってきた。SSBCは日本中の駅や道路の防犯カメラやNシステムカメラを駆使して、捜査対象者の行方をあぶりだすことを得意としている。警視庁刑事部捜査一課の凶悪犯の足取りチェックでは抜群の威力を発揮するのだ。

――ありえないことではない。

神野は直感的にそう思った。

どんな人間にも、別の顔があるのだ。歌舞伎町を仕切る神野は、これまでさまざまな女たちが風俗に入ってきているのを知っている。

匿名性の高い会員制売春クラブなどには霞が関の女性官僚もいたし、大企業の経営者の子女もいた。世の中そんなものだ。人に知れずに金を作るには、それがもっとも手っ取り早い方法なんだからしょうがない。いまや女だけではなく男でも身体を売る時代だ。

「ＳＳＢＣを使ったならば、消えた場所から行先まで特定できているのではないですか」

黒井が突っ込んだ。

「十月十五日の午後四時十七分。真美さんは吉原の日の出会商店街界隈でタクシーを拾った。それは近辺を走っていた別のタクシーのドライブレコーダーに映っていたから確かだ」

中村が諳《そらん》じた。

神野がこれまで出会ったキャリア官僚は一度見た調書は完璧に記憶している。しかもぶ厚い辞書のような調書も記憶し、どこに何が書いてあるかも覚えている。これが受験戦争に勝ち抜いてきた者たちの凄《すご》みというものだろう。

「で、そのタクシーは何処《どこ》へ行きました？」

今度は神野が聞いた。

「墨堤通りで追突され、真美さんはそこでタクシーを降りて、隅田公園内を徒歩で駒形方面に向かっていた。公園内の防犯カメラに映っていたが、そこから先は不明だ」

「不明？」

黒井が聞き直した。SSBCが割り出せなかったということか。

「忽然《こつぜん》と消えている。タクシーを拾った形跡もない、残念ながら界隈には防犯カメラが少ない。真美さんのスマホから割り出そうとしたが、それも切られていた。通話記録をいま分析中だ」

中村が答えた。

「誘拐された可能性が高い」

サイロの内海がいうと、百合が突如嗚咽《おえつ》した。

「そんな、なぜ真美が吉原なんかにいて、そして誘拐なんかされたんですか」

母親が途方に暮れても無理もない。訳がわからないはずだ。

「まだ真相は藪《やぶ》の中だ。だが慎重に取り扱わねばならない」

「なるほど」

黒井が顎を扱《しご》きながら答えた。

総理の娘が風俗で働いていたなどとは表に出せない。そして誘拐事案となれば公開捜査も難しい。

「本来ならば捜査一課を総動員して捜索するべき事案だが、保秘がむずかしいところだ」

中村が苦渋に満ちた顔をした。

「警視庁の中にもアンチ藤林派は存在しますからね」

隣に座っていた秋川涼子が肩を竦めてみせた。

「それならサイロにだってアンチはいるでしょう。奥様には申し訳ない言い方ですが、官僚の誰もが時の政権に忖度《そんたく》しているわけではないはずです」

黒井も肩を竦めてみせる。

「だからきみたちを招集した。本件は『黒井機関』で当たって欲しい」

内海が低く呻《うな》るような声で言った。さすがに総理夫人の前で『関東舞闘会』に発注するとは言えなかったようだ。

——何が『黒井機関』だよ。かっこよすぎるじゃねぇか。

神野は内心、せせら笑った。黒井と神野以外は、全員普通のヤクザだ。

「警視庁の機能は存分に使っていい。ただしいま言ったように情報漏れを防ぐために、こちらは私と秋川君だけで扱うものとする。彼女は真美さんとも親しくしていた」

中村が秋川に視線を向けた。

「総理の外遊や夫人同伴の晩餐会などでは私が夫人担当のSPでした。ときには真美さんが同伴されることもあったので、その警護も担っていましたから、自然と顔馴染《なじ》みになりお話もさせていただいております」

涼子が自分の立ち位置を説明した。

「内海部長、秋川君を黒井機関に出向させてくれないか」

中村が内海に伺いを立てた。

神野は面倒くさいと感じた。黒井も眉間に皺《しわ》を寄せた。極道の表情だ。

「よかろう。そのかわり警視庁側が手に入れた情報やデータは全て出してもらう。またこちらの捜査に不都合な問題事は排除していただく」

内海が条件を付けた。

「約束する」

中村が胸を張った。

「例えば追尾中に速度オーバーなどしても白バイは来ませんよね」

神野が念を押す。

「当然だ。不法侵入に関しても、秋川君がうまく所轄に説明するすきにやってくれ」

「了解しました」

黒井が笑った。総長が了解したのだから、神野は従うまでだ。

「では、これから黒井機関のセーフハウスで、そこの姐《ねえ》さんと打ち合わせさせていただきます」

黒井が立ち上がった。

「姐さん？」

涼子が怪訝《けげん》な顔をした。

「黒井機関の符牒《ふちょう》です。女性捜査官はすべて姐さんと呼ぶんです」

神野が教えてやる。

黒井、神野、涼子の三人はそこで公邸を辞した。内海と中村はそのまま残り、夫人をまじえて善後策を練るという。

「さすがにこのセドリックは目立ちすぎるな。ふたりとも俺の車に乗れ」

黒井が黒のエルグランドを指さした。近頃は政界でもセダンよりもミニバンの方が好まれている。

黒井の車だが当然、神野が運転席に回る。黒井は後部席へ。涼子は弁《わきま》えているらしく助手席に乗り込んできた。

発進させた。涼子は行先など尋ねてこなかった。無駄な質問をしないのは賢い証拠だ。市中潜伏諜報員がセーフハウスの場所を軽々と言うはずがない。もちろんこの車には電波妨害《ジャミング》装置が施されているが、それでも迂闊《うかつ》に地名などは口走らない。

「ふたつ質問があるんだが、いいか」

「ジャミングが完全であると保証できるなら、どうぞ」

「戦闘機並みのノイズジャミングを行っている。心配はいらない」

後部席から黒井が伝えた。この車に電波を向けた者の耳に、気絶してしまうほどの音量のノイズが入る仕組みだ。

「それならどうぞ」

「まず、なんと呼べばいい。コードはあるのか？」

「コードはありません。警護時のインカム用には時々にナンバーが振り分けられます。常に違うナンバーです」

「なら、これからは秋姐《あきねえ》だ。俺は組長、黒井さんは総長だ」

「まるでヤクザですね。でも、そちらの支配下に入ったのですから、それで結構です」

　秋川は淡々としていた。階級社会に身を置いていることを弁えている。極道は上の者が『白い』といえば黒いカラスも白いと答えるが、警察やサイロも変わらない。でも、ですが、は禁句だ。意見は求められたときだけ言う。

「もうひとつは、なんであんたが今日、俺の車の後ろにいたんだ？」

　神野は午後の保土ヶ谷料金所のことを思い出していた。

「こっちも横浜に用があったんです。真美さんが消えたと聞いて、まず私は彼女の車のドラレコを調べました。そしたら山下《やました》ふ頭の倉庫街が何度か映っていました。同じコースを走ってみたら何かヒントがあるのかな？　と思ったわけですよ。そしたら前方を初代のセドリックが走っていたわけです。祖父が乗っていた車です。写真で何度か見ていましたが実物を見るのは初めてでした。それで後ろについたら、ガスを被せられました。反省しています。警護中だったらと思うとぞっとします」

「そういうことか」

　神野は半信半疑で答えた。

「おじいさんはまだ存命かね」

　後部席から黒井がひと声かけた。なるほどそういう聞き方があったか。神野は、ステアリングを握りながら思わず頷いた。

「十年前に、旅立ちました。八十六歳でした」

生きていれば九十六歳。新車であの車に乗っていたとしたら三十二歳のときだ。

「当時としては超高級車だったはずだ」

神野がぽつりと言う。

「祖父は日産の販売店に勤めていたので、展示車を割安で購入したそうです。それも給料天引きの五年払いで。三年後に父が生まれたので、生活は大変だったようです」

神野は咄嗟《とっさ》に計算した。父親は一九六三年生れということになる。今年六十一歳。涼子の年齢は三十歳前後だろう。辻褄《つじつま》は合った。

黒井も神野もそれ以上は突っ込まなかった。たとえ嘘《うそ》だとしても、ここまで完璧に筋書きを頭に叩き込んでいる女が、簡単に隙を見せるはずがない。

「それで、真美さんの手掛かりはあったのか」

神野が捜査の話題に戻した。

「真美さんが何度か行っていた場所は、山下ふ頭の倉庫街界隈です。そこにあえて、あの赤いメルセデスのカブリオレを停車させてみたわけです」

涼子が淡々と言っている。

「何か起こったか？」

「中国人が数人出てきました。明らかに、メルセデスを襲おうという気配でした。でもさらに別の男が倉庫から出てきて『オールズモビル動いた』と言うと、彼らはいきなりバイクに乗って去っていったんです。これ、そちらと関係あるんでしょう。中村次長に報告したらサイロと打ち合わせになるといわれましたから」

「なるほど、それでこの組み合わせになったわけだ」

神野は運転しながら膝を打った。

エルグランドは歌舞伎町の神野組の本部をめざした。何処よりも安全な場所だ。

4

十月二十日。日曜。

「申し訳ありません。青井の体調が戻りませんでして。今週の出演は見合わせてください。ええ、はい、フェードアウトが予定より早くなったようなものです。代替にはノンフィクション作家の大泉梨乃《おおいずみりの》はどうでしょう？」

芸能界には土曜も日曜もない。

『マンハッタン・エージェンシー』の西尾忠邦はスマホで懸命に取り繕っていた。

幸い東日テレビとは、たまたま来週で出演を終了することになっていたので揉《も》め事にはならなかった。

西尾としても大事を取ったまでだ。明日までにあずさが現れなければ、打ち合わせを飛ばすことになるからだ。

プロデューサーは選挙への準備が早まったと誤解しているのだ。

問題は明日のカルチャーセンターでの講演会だ。客数八十名程度だが、すでにチケットは完売している。西尾がさまざまな人脈を駆使して売り切ったのだ。

あずさは一体どこにいる？

いくら携帯に連絡しても留守録になるだけで、伝言を吹き込んでも返事はない。

仕事一途《いちず》のはずのあずさには、考えられないことだ。

不慮の事故で救急搬送されたか？

いやそれならば、所持品から類推し『マンハッタン・エージェンシー』に連絡が入るはずだ。

おかしい。おかしすぎる。

だがこの時点で下手に騒ぎ立てるのは得策ではない。衆院選出馬の事前話題作りだと受け取られかねないからだ。

何か大きな事件に巻き込まれたのでなければいい。

三日前『ウイークリー・スパーク』のグラビア撮影の後、タクシーに乗ったところまでは確かだ。

六本木のスタジオのアシスタントがはっきりそう言っている。文潮社の手配のタクシーで帰宅したという。

だが二子玉川のタワーマンションに戻った形跡がない。

マンションは『マンハッタン・エージェンシー』の所有で、あずさとは賃貸契約を結んでいる。グラビア撮影の翌日から音信不通になったので、マンションの管理会社に帰宅しているかどうか、エントランスの防犯カメラを確認して貰ったところ、あずさの姿はなかったという。

携帯だけではなく自宅の固定電話にいくら電話しても出ないわけだった。

事務所はあずさの部屋の鍵を一本持っている。移動中や仕事現場で忘れ物に気づいた場合、社の女性スタッフが取りに行くためだ。

女性スタッフはタレントの付き人ほど全てに付き添うわけではないが、早朝の仕事の場合などは車で迎えに行ったりする役も担う。

男性である西尾はあずさの部屋には一度も入ったことがない。それがエージェントとしてのマナーであり、必要な距離感だからだ。

さすがにまる二日経っても連絡がつかないままなので、西尾は今朝、女性スタッフを伴い彼女の部屋に入った。

二十畳ほどのリビングのテーブルを見たスタッフの女性が言った。

「なんか私が迎えに来たときと同じような感じですね。あずさ先生、きっと六本木のスタジオから戻っていないんだわ」

スタッフはあずさを先生と呼ぶ。当人は嫌がっているがコメンテーターとしての箔付《はくづ》けのため、西尾がそう呼ばせているのだ。つられてテレビ局のスタッフもそう呼ぶようになった。権威とは周囲が作り上げていくものだ。

「間違いないか？　勘だけで言われても困るぞ」

「はい。そこに置いてあるティーカップが、あの日の午後と同じ所にあるんです」

イタリアの有名家具ブランドのダイニングテーブルの上にウェッジウッドのティーカップが置かれていた。

「なぜ三日前と同じ状態だとわかる？」

西尾は重ねて聞いた。人は思い込みで言うことが多いからだ。特に芸能界で働く者は、物事を大げさにしたがる癖がある。

「これ、私がここに置きましたから。あずさ先生が身支度している間にお茶を淹《い》れて差し上げようとしてキッチンボードからカップをお持ちしたのです。よくそうするんです。でもあの日先生は、撮影関係者に差し入れを買いたいから急いで出たいと言って。私がカップをキッチンボードに戻そうとすると、そのままでいいと。そのPR誌も読みかけのまま置いていますし」

「疲れて帰ってきて、そのままにしたということはないか？」

「いやぁ、あずさ先生は、寝る前に必ず片づけますよ。テーブルの上が乱雑なままその日を終えるということは決してしない方です。『福運は整然としているところに宿る』というのが信条ですから」

それはあずさが銀座のクラブママから学んだ格言のはずだ。いまでもきちんと実践しているということだ。

「どうやら帰宅していないのは間違いないな」

「警察に届けたほうがいいのでは？」

女性スタッフが心配顔で言う。

「いや、明日まで待とう。明日の講演会の入《い》り時間までに現れなかったら、本当に事故か事件に巻き込まれたということだ。警察に届けるのはその後だ」

西尾はぎりぎりまで待ちたかった。今日までは仕事が入っていないのだ。テレビ局にキャンセルを早めに伝えたのは、事が起こってからではマネージャーとしての資質が疑われるからだ。

明日の講演会にあずさが姿を現せば、それで万事は収まる。

「案外、男との密会だったりして。出馬表明をする前に事務所にも行先を告げずに、丸三日、セックスに没頭したいのかも知れません。あずさ先生だって、やりたい盛りの年齢でしょう」

いまどきは、女の方がゲスなことを言う。

「そうであれば、まだいいんだが」

西尾としては浮名流しはご法度《はっと》と、口を酸っぱくして言ってきたが、それが苛酷過ぎたのかも知れない。

とにかく明日まで待つことにした。

翌《あく》る十月二十一日。午前十一時。

西尾はあずさの入り時間より一時間も早く、恵比寿《えびす》のショッピングモールの中にあるカルチャーセンターへ入った。

担当者に会場を見せてもらう名目だが、予定時間になっても連絡がないようであれば、すぐさま事務所から事故があったという連絡を入れさせて、謝罪し、キャンセル手続きを行うと決めていた。

その場合、チケットを購入してやってきた客にその場で料金を返金する。ひとり八千円の八十名分の六十四万円はただちにＡＴＭで下ろすつもりだ。

もちろん主催者側に迷惑料も支払う。三十万円と見ている。こうしたトラブルの場合、ただちに現金で解決してしまった方が後々面倒が起きない。

講演会やイベントではトラブルはつきもので、そうした場合、とにかく禍根を残さないようにするのがエージェント会社の役目だ。

約百万円の出費は痛いが、後々の仕事で取り返せる額だ。それよりも『マンハッタン・エージェンシー』には二度と頼まないと言われた方が辛《つら》い。

西尾は会場のプロジェクターに映し出されるレジュメの一枚一枚を確認しながら、スマホが鳴るのを待った。

『ショービジネスの公共性』

プロジェクターに映されていたレジュメが表紙に戻った。そのとたんにスマホが鳴った。液晶に『青井あずさ』の名が示されている。西尾はすぐに出た。

「おはようございます。青井です。いまからエレベーターに乗ります。八階ですよね」

「そうだ八階だ。エレベーターホールで待っている」

入り時間の十分前だった。いつものようにあずさはやってきた。西尾は出迎えに走った。

「すみません、何度も電話をいただいていたのに、出られませんで」

エレベーターから姿を現したあずさがまずそう言って頭を下げてきた。

「何かあったのか？」

控室に向かいながら聞く。

こころなしかあずさの顔が色づいているように感じた。

やはりイッパツやってきたのだろうか。

「六本木からの帰り、タクシーを降りたとたんに母から電話があって、同い年の従姉《いとこ》が溝口《みぞのくち》のマンションで高熱で動けなくなっているようなので、見に行ってくれと。母の姉の子です。ご両親はいまロンドンで。あわててまたタクシーを拾い直して、彼女のマンションに行ったんですよ」

聞くと従姉はコロナだったようで、あずさはその夜付き添い、翌日大学病院の救急外来に連れて行ったという。そうこうしているうちにあずさも高熱になり、そのまま一緒に入院していたという。昨夜、従姉ともども熱が下がり溝口のマンションに戻り、今朝はその部屋から出てきたと。

スマホは放置している間に充電切れで、今朝まで気づかなかったそうだ。

嘘だと思った。

おそらく事務所の女性スタッフが言っていたことが正しいのだろう。顔が紅潮しているのは、まだ微熱が残っていることにしたいようだ。

女性用風俗にでも行って、たっぷりやりまくって来たのか？

腹は立つがそんなことをここで追及しても無意味だ。とにかくあずさは仕事に穴を開けずに出てきたのだ。

「大変だったな。まったく連絡がつかなかったので、今日ここに来なかったら警察に捜索願いを出そうと思っていた」

歩きながら心配していたことを伝えた。

「いやぁ、そうなったら大変だと思って急いできました。コンビニで電池式の充電器を買って電車の中で充電したのですが、通話ができるようになったのは、結局到着してからで」

あずさはすまなそうに何度も頭を下げた。

「とにかく事故とかじゃなくてよかった。会場チェックは出来ている。持ち時間は四十五分。客からの質問タイムが十五分だ。出馬については時期が時期だから、完全否定しなくてもいい。ただし肯定もするな」

そう伝えるとあずさは頷き、一緒に会議室に入った。主催者との簡単な打ち合わせをすませ、予定通り午後一時から講演が始まった。客は定員の八十名がきっちり入っている。おそらくこの中には新聞社や通信社の記者も紛れ込んでいるはずだ。出馬を匂わせると記事になる。

解散は間近なはずだ。野党はまだ選挙態勢が整っていない。いまなら泡沫政党が乱立し、票の食い合いになるだけだ。立共党さえ抑え込めれば民自党政権に揺るぎはない。ここで若手女性論客としてあずさが颯爽《さっそう》と立候補すれば、大きな話題になろう。

あずさが当選したならば西尾は第一秘書になるつもりだ。そうなれば芸能界と政界の橋渡し役になれる。表舞台ではあずさが、裏舞台は西尾が回す。利権の山が目の前に転がっているのだ。

あずさは慣れた口調で語りだした。

西尾は最後列の端に座って聞いていた。

ときおりテレビ界の裏話を混ぜて笑いをとっている。うまいものだ。同じテーマで二十回以上も喋《しゃべ》っているので、落語の一席を披露しているようなのだ。内容は十分練れていた。

面白いので四十五分はあっという間に過ぎ、拍手喝采を浴びて終了した。続いて、質問タイムに入った。

「次期衆院選へ出馬するのですか？」

おそらく何処かの記者だろう。そう聞いてきた。

「それは、公示されない限り申し上げられません。ですが今後は批判するばかりではなくみずから政治活動に踏み出したく思います」

西尾は耳を疑った。

客席がどよめいた。事実上の出馬表明だ。早すぎる。機運は芽生えているが、出来るだけ後出しにしたかった。

先行するとライバルが攻撃しやすくなるからだ。

「民自党からの要請は？」

「それはありません。私は『大空の党』からと考えています。もちろんまだ出馬を決めたわけではないです。まずは政治活動を地道にしていきます」

「えええええっ、民自党ではないのですか？」

女性客が立ち上がって聞いてきた。保守系月刊誌『ＡＢＥＢＥ』のライターだ。

「はい。いま一番日本を変えようとしているのは大空の党かと」

あずさははっきり言った。

大空の党。泡沫政党だが、参議院に一議席だけ持っている、国政政党ではある。だがその選挙手法は知名度をあげることにだけ徹しており、政策はほとんど実現不可能な空想的なものばかりだ。

どういうことだ？

西尾はあわてて席を立ち、控室に向かった。

同時に記者と思われる数人が一斉に会場を飛び出して行く。速報する気だろう。

もはや止めようがない。

――これは取り返しのつかない事態になった。

西尾は途方に暮れた。

第三章　暗中模索

1

十月二十一日。月曜。午後二時。

千代田区永田町二丁目三番地一号。官邸。

総理大臣執務室のローテーブルに午後の柔らかい陽光が差し込んでいた。

「総理、もはや解散総選挙は諦めてください」

対座している民自党幹事長、鷺沢大介《さぎさわだいすけ》が横顔を扇子でばたばたと扇《あお》ぎながら詰め寄ってきた。夏はとっくに終わっているというのに、この男は一年中扇子で顔を扇いでいる。血の気が多いのだ。

第百五代内閣総理大臣の藤林正尚《ふじばやしまさなお》は、ソファに深々と背をもたせながら、鷺沢の話を聞いていた。

鷺沢は党内勢力第二位の派閥『政央会《せいおうかい》』の領袖《りょうしゅう》である。衆参あわせて七十四名の国会議員を束ね、政局の流れには最も敏感な男であった。

いまは勝てる時期ではないのはわかっている。

党を取り巻くスキャンダルが噴出しすぎた。

現時点で一番大きな醜聞は各派閥による政治資金の裏金作りだ。

民自党は派閥の連合体だ。結党以来、各派閥が相互に牽制《けんせい》しあい、そのときどきに合従連衡《がっしょうれんこう》を繰り返している。各派閥は所属議員の選挙資金の面倒を見ることによって勢力を保ち拡大してきた。それが裏金作りの温床となった。

たとえば派閥に集まった寄付金の再分配である。いわゆるキックバックだ。これを政治資金収支報告書にきちんと記載していれば問題なかったのだが、キックバックの実態を明かしたくない各派閥は密《ひそ》かに行っていた。

これが裏金問題となり野党、マスコミからの大バッシングを受けているのが現状だ。他にも閣僚のパワハラや女性議員の不倫などが噴出し、藤林の支持率は三十パーセントを切る状況が三か月も続いている。

もっとも裏を返せば、与党の威光に陰りが見え始めたからだ。政権奪回から十二年も続いた民自党一強時代がまさに終焉《しゅうえん》を迎えようとしているのだ。

いま解散なんてできるわけがない。

だが藤林は追い詰められていた。解散しないわけにはいかないのだ。

「内閣情報調査室《サイロ》の調査結果はどうなっている？」

国家の諜報《ちょうほう》機関であるサイロを票読みにも使えるのは与党の強みだ。もちろん大手を振って利用しているわけではない。国民の政治に関する意識調査という名目でデータを収集、分析しているのだ。

「それが、我々の分析とはだいぶ違うのですよ。ベテランだけではなく若手も善戦すると。現有議席から落としても十議席という見立てです。うまくすれば三議席上積み出来ると。この情勢下でそんなデータが出てくるなんて信じられませんがね」

「ほう」

と藤林は顎を扱《しご》いた。

「立共党と日本威勢の会が足の引っ張り合いをしているのに加えて、泡沫政党が乱立してきている。互いに潰し合うというのが、サイロの読みです。しかしですね。我々の支部から上がってくる情報では、このところの我が党のスキャンダルに関しては立共と威勢はがっちり手を組んでくるということですよ。奴《やつ》らはむしろ泡沫政党の過激な選挙戦を警戒して手を組むというんのです。そうなると五十以上の選挙区で我が党の候補者は落ちます」

鷺沢は忌々しげにまた扇子を振った。

「ありえない。幹事長、左派であることから抜け出せない立共と、われわれ以上に新自由主義を標榜《ひょうぼう》する威勢は、水と油だよ。融合できるはずがない」

藤林は腕を組みながら答えた。

現実はありえないことではない。政治の世界は一寸先が闇だ。昨日の敵が友になり、親友が明日は敵になるのが常だ。

サイロが鷺沢に勝算ありの調査報告を出しているのは藤林の立場を慮《おもんぱか》ってのことだ。選挙に負けたら出世の見込みがなくなるのを覚悟の上で虚偽の報告をしているのだ。

昨日、長女の真美から妻あてにメールが届いた。

『いま直《す》ぐ解散に打って出てくださいそうしたら私は帰れます』

サイロから内々に通信会社に打診し発信デバイスを確認してもらったところ、確かに娘の携帯端末からの発信であった。

当人が書いたのか、あるいは別人が書いたのかはわからない。

妻の直感では本人だそうだ。句点がほとんどないのが真美の特徴だという。

娘は六日前に姿を消していた。

サイロと警視庁警備部の見立ては誘拐だ。サイロが密《ひそ》かに市中潜伏員を動かし、捜索に当たっているが、まだ進展はない。

そしてこのことが発覚すれば、大スキャンダルとなることは必至だった。

娘は吉原でソープ嬢として働いていた――。サイロの室長からその報告をうけたときには、卒倒しそうになった。

藤林家は三代にわたる政治家一家だ。家と選挙区のことはすべて妻に任せて、娘との関係は希薄だった。実際、多くの政治家はそんなものだと思う。

真美は名門私立校の幼稚園から大学まで進み、その後英国の名門校に留学。美術史学の博士号を取得し二十六歳で帰国。千代田中央美術館の学芸員としての職を得た。二年前のことで、正尚が総理に着いたばかりのときであった。

英国に四年留学している間はほとんど顔を合わせておらず、帰国したときに、正尚は総理になっていた。

都合六年もの間、娘とろくに口をきいたことはないので、何を考えているのかなど、知りようもない。

ひょっとしたら娘は何らかの反発心を抱いて、風俗の仕事などを始めたのかも知れない。

妻の百合からは、元参議院議長の南大路光正《なんだいじみつまさ》の孫、南大路祐輔《ゆうすけ》との縁談が進行中と聞かされていた。

婿取りである。

婿にとった上は、将来の総理にすべくバックアップするつもりだ。正尚も妻百合も真美を将来の総理夫人とすべく教養を身に付けさせたつもりである。

それなのになぜソープ嬢なのだ？

この縁談を望んでいないのか？

総理の娘という立場がそんなにいやなのか？

だが？

と藤林は腕を組み虚空を睨《にら》んだ。

罠《わな》にはまったのだ。そして拉致された。そう考えるほうが自然だ。サイロもそう見立てている。

その裏付けが、昨夜のメールだ。明らかに政治的な意図のある者の仕業だ。

どうにも腑《ふ》に落ちない。

「しかし総理。いましばらく時を稼ぎましょう。後三か月も辛抱すれば、醜聞も収まります。また野党がスキャンダルを起こさないとも限りません」

鷺沢がぶ厚い下唇を舐《な》めながら言っている。鼻の上に汗を浮かべていた。鷺沢派が、もっともスキャンダル議員を抱えているのだ。

いまは避けたいところだろう。

そして鷺沢は新たに出来る選挙区すべてに自派の新人を押し込もうとしている。必ず全員当選、鷺沢派は九十人の勢力になり党内第一派閥となる。

対して藤林派の現有勢力は四十七名。第三派閥である。次期総選挙で三名増やせたとしてもその勢力図は変わらない。それどころか、準備が整っていない若手、中堅が十名もいる。

藤林にとって前門の虎が野党ならば、後門の狼《おおかみ》は鷺沢ということになる。

「幹事長、わたしはこの執務室をあなたに禅譲するつもりでいる。勝負させていただけないかね。負けたら潔く引きますよ」

「総理、そういう駆け引きを私はよしとしない。総理総裁の座は、自らの力で取りにいくものです。時期が来たら挑みます。ですがいまは全力で藤林政権を支えるつもりでおります。そのうえでも選挙のタイミングではないと」

鷺沢は簡単には乗ってこなかった。

その時、ローテーブルの上で藤林のスマホが震えた。サイロの部長、内海からのメールだった。

「すまない。ちょっと失礼」

藤林は立ち上がり執務机に向かいながらメールを開いた。残念ながら娘のことではなかった。

「幹事長、コメンテーターの青木あずさが政治家転身の表明をしたようだよ。各紙が電子版で速報をながしているそうだ。解散なんてまだ一言も言っていないのに、気の早いことだ」

メールを見ながら、藤林は苦笑しつつ伝えた。

「ばかな。そんな指示は出していないぞ」

鷺沢が目を剝《む》いた。青木あずさは鷺沢派の新人として東京三十二区から擁立することになっていたはずだ。

「幹事長、青木あずさは『大空の党』を支持していると公言したようだが、これはいったいどういうことかね？　鷺沢派からたつんじゃなかったのか？」

ここぞとばかりに藤林は鷺沢を睨みつけた。

「そんなはずはない。今すぐ調べてきます」

鷺沢が額を押さえながら立ち上がった。

「幹事長。だから私は早い方がいいと言っている。泡沫政党もいまは無視できない。どんな有名人を担いで話題をさらってくるかわからんぞ」

「はい。私も考え直してきます。ですが総理、決断をした場合、公表前に必ず私にご一報を」

後門の狼ならぬ古狸《ふるだぬき》は、そそくさと執務室を出ていった。

どうにか解散権を取り戻した。これはそもそも総理の専権である。

藤林は執務室の固定電話を取った。

「サイロの内海さんを呼んでくれ」

娘のことはもちろんだが、正しい票読みもし直しておかねばなるまい。負けるにしても接戦に持ち込む必要がある。

怖いのはむしろ泡沫政党だ。かつては見縊《みくび》っていた連中が、いまや国政政党を脅かす存在になっている。

負けてもともとで名を上げればよいという戦略は、むしろ既成野党よりも脅威だ。選挙をゲームや売名行為の場として考えられてはたまらない。

選挙には国の行く末がかかっているのだ。

危険な政党をのさばらせてはならない。

そんなことを考えると同時に、藤林はふと、公邸の書斎の棚に差してある一冊の書物のことを思い出した。

フレデリック・フォーサイスの日本を舞台にしたスパイ小説『ハイディング・プレイス』だ。あの中身に関わることでなければよいが。

2

十月二十二日。午後二時。

神野は真美が働いていた吉原のソープランド『ホットポイント』に聞き込みに来ていた。一昨日に次いで二度目の訪問だ。

彼女がなぜこの町で働くようになったのか？

その原因がわかれば、おのずと消えた原因も読めてくるはずだ。

藤林真美は、この店で樹利亜《じゅりあ》という源氏名で客を取っていたという。

神野は狭い事務所の隅にある応接セットに通されていた。小型テレビが午後のワイドショーを流していた。音量は絞ってある。

「親分さん、本当に申し訳ないのですが樹利亜に関しては私らもまったく騙《だま》されていたんです。本名は梶野好子《かじのよしこ》って、運転免許証を見せられたらそう信じるじゃないですか」

社長の富岡信正《とみおかのぶまさ》は真っ白になった口髭《くちひげ》を人差し指でなでながら困惑の表情を浮かべた。喜寿に近い男だ。

一昨日来たときに梶野好子名義の運転免許証を見せてもらった。貼られていた写真は藤林真美のもので間違いなかった。

運転免許証は曲者《くせもの》だ。

マイナンバーカードやパスポートよりも信憑性《しんぴょうせい》の高い公的証明書として、提示を求めたりコピーを取ったりするが、実は偽造も多い。

ところがその偽造が見破れるのは警察ぐらいなのだ。他の公的機関も、運転免許証を見せられるとすっかり信用して、住所が一致しているということで住民票なども発行してしまう。

運転免許証と住民票があれば、飲食や風俗の店ではたいがい働けてしまう。国民健康保険証の偽造などはもっと簡単だ。

この三点セットがあればなりすましは容易である。

真美はこの手法で梶野好子という人物になりすまし、三か月前から『ホットポイント』で働いていた。

評判はよく、固定客もついていたそうだ。

「つかぬことをきくけど、樹利亜って女に接客のマニュアルを仕込んだのはあんたか？」

若干、興味本位で聞いた。

「こういう店では、未経験者には店主が仕込むってのが当たり前でしてね。はい、私が教えました。教えると言っても、一回ごとにこっちが料金を払うんですがね」

富岡は胸を張った。

それは、女に金をとってサービスをしているという自覚を促すためにだ。歌舞伎町でデリヘルを営む神野の情婦、景子《けいこ》も初心者には懇切丁寧に手順を教えるが、試しに使われる組の若衆は、好むと好まざるに拘《かかわ》らず、料金は支払わされる。

「才能はあったんですかね？」

これも興味本意の質問だった。

「あったと思いますね。とくに『乳首舐《な》め手扱《こ》き』の合わせ技はなかなかのものでしたね。自分でも乳首が敏感なので、加減はわかるんですね。樹利亜はおそらくオナニー依存症だったんでしょう。そういう子は風俗では成功します。男の妄想を共有できるんです」

富岡はべらべらと喋《しゃべ》った。

もちろんここで働いていた樹利亜が、現総理の娘だとは明かしていない。歌舞伎町の極道が、地元の顔役を通じて聞き込みに来たので、富岡はホスクラに借金を作って飛んだ女ぐらいに思っていることだろう。

そんな女はざらにいる。だから前借金《バンス》などが残っていない限り、店はいちいち斟《しん》酌《しゃく》しない。そこまでの関係と割り切るのだ。

「本当に紹介者なしで、ネットで申し込んできたのかい？」

いきなり本題に入った。一昨日も同じことを訊《き》いた。日を改めて同じ質問をすると答えが変わることがある。

その矛盾を突くと、真実が零《こぼ》れ落ちてくるものだ。ことこのやり方に関しては刑事も極道も同じだ。

「嘘《うそ》、偽り、ありません」

富岡はきっぱり言った。目が泳ぐということもなかった。どうやら真実らしい。

「数ある吉原の店の中から、なぜこの店を選んだのだろうかね」

神野は世間話ふうに切り替えた。

「他の土地で働いていたベテランですとね、うちのお客さんと被《かぶ》っていて、それで紹介されるってこともあるんですがね。未経験者でネットの募集から応募してきたんですから、口コミをよく読んだんでしょうね」

そういう女も多いという。

「馴染《なじ》みの客で、あんたが知っている者《もん》はいねえのかい？」

さらに突っ込んだ。

「はい、何度もお越しになって顔見知りになっているお客様はいらっしゃいますが、氏素性《うじすじょう》は存じません。キャバクラやスナックじゃないんですから、そうそう客も本当のことは言いませんよ」

富岡が湯呑《ゆのみ》の番茶を啜《すす》った。

と、そのときテレビに誰かの写真が写った。

「あれ？」

富岡が首を傾《かし》げた。

「どうした？」

神野もテレビに視線を向ける。男の顔写真がアップにされている。すぐに映像はどこかの山林の風景に切り替わった。規制線が張られ、警察車両が何台も止まっている。山梨県警の車両だ。

「ＡＶ男優の仏屋《ほとけや》次郎《じろう》だ。ちょっとすみません。うちにも何度か上がったことがある方なんで」

富岡がリモコンでテレビのボリュームをあげた。

男性アナウンサーのナレーションが入る。

『……仏屋さんの遺体は本日の朝七時に、付近を通りかかった造園業者が発見。警察は死後二日ほど経過していると発表。事件、事故の双方で調べるとのこと』

国道一三九号線の青木ヶ原樹海《あおきがはらじゅかい》の付近のようだ。

画面にテロップも重なった。

【仏屋次郎さんは四十二歳。ＡＶのキャリアは二十年で年間百本以上の作品に出演している人気男優】

またナレーションが重なる。

『所属事務所によりますと、仏屋さんは十日前の撮影では特に変わった様子はなく、明日も仕事の予定があったそうです。それ以上のことはいまは何もわからず、警察の発表を待っているだけとのことでした』

続いて町の声が入る。新橋《しんばし》の駅前でサラリーマンが『よく見ていました。お世話になったという方が正しいかも知れません。もう見られなくなると思うと残念です』

とコメントしていたが、顔は映されていなかった。

神野はAVをほとんど見ないので、よく知らなかった。

「AV男優でも、わざわざ金を出してソープに来るのか?」

「それは来ますよ。全部やってもらうのはいいなぁ、って次郎さんはよく言ってましたよ。撮影でのセックスは、自分では楽しめないそうですよ。そんなもんですよ。でも亡くなっちゃうなんてね。愉快な方だったので残念ですよ。これから新しいビジネスを始めるとも言っていたんですがね」

富岡はテレビに向かって合掌した。

「何をやろうとしていたんだ?」

神野は特に意図もなく聞いた。

「女性用の風俗店をやるって言っていましたよ。会員制の超高級女風《じょふう》店。たぶんそれもあって、吉原に学びに来てたんじゃないですか」

「流行《はや》りのビジネスだな。女もスケベを露骨に発散する時代だ」

神野は頬を撫《な》でながら言った。極道としては女から金を巻き上げる男は、敵である。

「ええ、それも政財界やキャリアの女性たちだけを相手にする会員制クラブを作るんだとか」

「ほう」

と神野はため息をついたが、ある閃《ひらめ》きを得た。

「樹利亜を指名したことは？」

「何度かありますよ。でも、とくにご執心ということではなかったです」

そう見せていたのかも知れない。

「ありがとうよ。また来るかもしれないが、そんときは樹利亜と親しかった女を付けてくれ」

「わかりました」

神野は店を出た。

すぐに若い者が運転する初代セドリックが店の前についた。やたら目立つ。

「おい、仏屋次郎って知っているか？」

ステアリングを握っているのは、若頭補佐の佐々木健二《ササケン》だ。

「AV男優じゃないですか」

「事務所を探してくれ」

「ちょっとお待ちを」

ササケンがスマホを取り出しタップした。ネットであれこれ検索し始めた。

「あぁ、四谷の『タフマンズ』ですね。男優専門の事務所です」

「コネは？」

「央道連合《おうどうれんごう》がケツモチしてますから、簡単ですね」

傘下ではないが神野組に盾を突くほどバカな半グレ集団ではない。

「これから俺が会いに行くので、社長を待たせておくように段取りをさせろ」

「へい」

初代セドリックはテールを弾ませながら、墨堤通りに向かった。

駒形インターを上がったところで、秋川涼子から電話が入った。

「わたし、いまタクシー会社にいるんだけど、気になることが出て来たわ」

「なんだ？」

首都高向島線は、渋滞していた。

「あの日、真美さんを乗せたタクシーは追突事故に遭ったんだけど、相手は政治団体の『大空の党』の街宣車なの」

「ほう」

政治が絡んできた。

「その場で示談が成立したんだけど、なんと大空の党はタクシー会社に、翌日即金で、新車を購入できるほどの額を支払ったそうよ。それに新車が来るまでの補償費用も。これって破格でしょう」

「とにかく揉《も》めたくなかったんじゃないか」

「そういう見方も出来るけど、そのタクシーのドライバーは、一か月前に入社して、その日の夜の勤務明けで退職したというの」

「事故で嫌気がさしたんじゃないのか」

大きな事故に遭うとトラウマになる場合がある。

「そのドライバー、大ベテランなのよ。前の勤務先はハイヤー会社。それも国会議員の公用車の運転手として派遣されていたらしいわ。松平紀明《まつだいらのりあき》っていう六十二歳。ねぇ驚かない？」

涼子は声を弾ませている。

「そりゃ、驚きだ」

政界事情に精通していると言える。

「私、これからハイヤー会社に行ってきます」

「何かあるな。こっちも小さいが糸口を見つけた。夜にセーフハウスで合流しよう」

「了解。けど、そちらのセーフハウスってなんとも入りにくい建物ですね。それに警備員さんたちが不気味」

涼子がぼそっと言って電話を切った。

神野組の事務所は歌舞伎町二丁目のラブホテルを一棟丸ごと買い上げて使っている。警備員とは組員たちのことだ。それはそこらの警備員とは訳が違う。みずから弾除けになる命知らずばかりなのだから。

四谷に到着するまで一時間二十分ほどかかった。

AV男優を専門にマネジメントする『タフマンズ』は四谷三丁目の交差点から河《かわ》田町《だちょう》側に入った古びたマンションの一室にあった。

3

「すまねぇな。別に因縁つけようってことじゃないんだ」

神野はパナマ帽を取って、丁重に頭を下げた。それでも相手の社長は強張《こわば》った顔のままだ。

「あっ、はい。代表の上坂隆志《うえさかたかし》と申します。事務所などといえないようなむさくるしい部屋ですが、どうぞこちらへ」

上坂は五十歳ぐらいだろうか。車中運転しながら佐々木があちこちに電話して調べた結果、上坂は元制作会社のＡＤで、十年前に男優専門のエージェント会社を立ち上げたという。

普通のマンションのリビングルームの中央にスチール机が四台固まって置かれ、窓辺に作業台のような真四角なテーブルがあった。

スチール机のひとつに中年女性が座っていた。神野たちを見ると、立ち上がり『上坂の妻です』と会釈した。家族経営のようだ。

「ここしか通せる場所がございませんので」

上坂は作業台の前に神野と佐々木を案内した。

「すまないね。それとご愁傷様」

神野は座りながら佐々木に顎をしゃくった。佐々木が頷《うなず》き、セカンドバッグからぶ厚い香典袋を取り出した。途中、コンビニで袋と現金を用意した。三十万円包んである。

神野はそれを受け取ると『これも縁だから』といって渡した。

「えっ、いや、こんなに」

上坂はしどろもどろになった。仕事柄、素《す》っ堅気《かたぎ》でもないだろう。いきなり極道から大金を渡されて、貰《もら》っていいものか逡巡《しゅんじゅん》しているのだ。そのぐらいの分別はあるようだ。

「気にするな。何ら縛りは考えていない。困りごとがあれば、いままで通り央道連合にケツを持ってもらえばいい。うちは一切、あんたらの商売に口は出さない。今日も央道連合を通してきている」

「わかりました。頂戴《ちょうだい》します。きちんと遺族に届けさせていただきます」

上坂が恭しく頭を下げ、両手で香典袋を受け取った。

「用件を言おう。仏屋次郎は女性専用の風俗クラブを作ろうとしていたようだが、本当かね？」

聞かれた上坂が驚いた顔をした。知っているようだ。

神野はつづけた。

「もう彼はこの世にいないんだ。隠す必要もないだろう。これが事件であれば、いずれ警察も同じことを聞いてくる」

そう言って上坂の目を凝視する。極道の貫禄《かんろく》を見せつけるのだ。

「事件なのでしょうか？」

上坂がおずおずと口を開いた。

「山の中の林道から遺体が上がったんだ、俺ら業界ではこれを『埋めそこなった』という」

掘りが浅かったのだ。

よくヤクザは山中に遺体を埋めるといわれるが、テレビドラマのように簡単に掘れるものではない。

相手はビーチの砂ではないのだ。

山間部の地層は固く、石はごろごろ埋まっており、仏屋次郎の遺体が発見されたような林道沿いとなれば、樹木の根がやたら広がっていて、それはそれは掘りづらいものだ。縦二メートル、幅五十センチ、深さ五十センチの穴を掘るのに、ふたりがかりでも一時間以上はかかる。

闇の中では特に深さはわかりづらい。このぐらいで埋まるだろうという目測でも、土を被せると、たいして埋まっていないことに気づくはずだ。最低十年は発見されないように埋めるには、深さ二メートルは必要だろう。だがそれだけの土を一回出して、戻すとなるとこれはもう重労働だ。

神野は遺体を埋めたことはないが、札束の入ったカバンを何度か隠したことがある。その経験上、土の硬さを知っていた。

「『埋めそこない』ですか……」

「埋める側だって、早く現場を離れたいからな」

たとえしっかり踏み固めたとしても、盛った土は弱い。風と雨ですぐに表面は剝がれるものだ。

やったのは素人だろう。

上坂の妻がコーヒーを運んできた。インスタントコーヒーだ。

「仏屋さんは、確かに女風《じょふう》をやろうとしていました。男優仲間にも声をかけていたようです。私にも許可を求めてきましたが、とめる理由はありません。男優は幾つになってもできますが、報酬はたかが知れています。女風セラピストならば、太い顧客を持つことも可能ですからね」

「だがその太い顧客を持つには人脈も必要だろう。初期投資もかかる。金はどこから引っ張るつもりだったんだ？」

黒幕が絶対にいるはずだ。

そことのトラブルで殺された。そう見るのが自然だ。総理の長女の誘拐と何か関係はないのか？

「次郎さんに女風を勧めたのは、飲み仲間の女性です。もともと次郎さんのファンだったそうです」

女性もＡＶを楽しむ時代だ。男優ファンの女性がいてもおかしくない。

「何て名前かね？」

神野はコーヒーを一口啜った。久しぶりに飲むインスタントコーヒーも悪くない。

「花石尚子《はないしなおこ》さんという方です。六本木の『バブルナイト』というスナックでよく顔をあわせていたらしいです」

上坂も極道との会話に少し慣れてきたのか、顔のこわばりがとれてきた。

「ＡＶ女優かね？」

「いいえ。元は大手広告代理店に勤めていた女性で、いまはパーティ運営の会社を経営しています。コンパニオン派遣や会員制マッチングパーティの企画運営ですね。特にセレブ女性の信用が厚いと聞いていました」

「だいたい読めたよ。そこにいる女たちがセックスをしたがるってわけだ」

神野は笑った。胸ポケットから電子葉巻を出した。蒸気だけが出るものだ。

「はい。そういうことです。次郎さんにその受け皿になる女風を勧めたというわけです。次郎さんなら、みずからも凄腕《すごうで》ですし、男優のコントロール方法も知っていますから」

「あんたは絡ませてもらえないのかね？」

「はい。私にも声がかかりましたが、ダイレクトな風俗業となると、また複雑でして。私たちとしてはＡＶへの派遣に留《とど》めておきたいと考えました」

上坂はなかなか賢明な男のようである。

プロ同士の業界であるＡＶと生身の素人女性とセックスをする女風とでは、ビジネスの在り方が違ってくる。強力な後ろ盾がなければ、トラブルへの対処に苦労することになる。

裏を返せば花石尚子という女性には、強い後ろ盾があるということだ。

突く価値はある。神野はそう感じた。

「花石さんとやらのオフィスはわかるか？　なあにあんたから聞いたなんて、一言も言わねぇよ」

「わかりました。お待ちください。彼女の名刺があります」

上坂は妻に命じてコピーを取らせた。

『フラワーコネクション・代表　花石尚子』

住所は表参道《おもてさんどう》だった。

「邪魔したな。あんたが女風ビジネスをやりたくなったら、いつでもケツモチになってやる。央道連合のアタマとよく相談してこいや。こっちには上がりの二割でいい」

神野は花石尚子の名刺のコピーを受け取ると、勢いよく席を立った。

4

夜になった。

歌舞伎町二丁目の神野組事務所の一階応接室に涼子がやってきた。

「途中でスカウトに何度も声をかけられたわ。でも『ホテル・ブルーシャトー』に行くのというと、皆さん『ごくろうさまですっ』って深々と頭を下げるのよね。やんなっちゃうわ」

笑いながら涼子はソファに腰を下ろした。黒のパンツスーツ姿だ。

「いつまでたってもSPの格好っていうのもどうかな。もう少しバリッとしねぇと、組の女に見えねぇよ」

神野は葉巻の煙を吐いた。黒井と同じフィリピン産だ。歌舞伎町ではフィリピンマフィアとも提携している。キューバ産を吸っていたら、奴らもいい顔をしないのだ。

「豹柄《ひょうがら》のジャケットは結構よ。だいたいセーフハウスが極道の組事務所で、市中潜伏方法がヤクザって信じられないわ」

「厳密にいえば、俺は最初から潜伏員だったわけじゃない。もともと半グレだった。そのカシラがまさかの内閣情報調査室の諜報員で、半グレ集団ごと乗っ取られたわけよ。いや組員は知らずに働いているがね」

「半グレ上がりの極道を国家公務員にスカウトするって、この国もなかなかやると思う。本当のスリーパーセルだから敵も気づかないわね」

「だから、おれはスリーパーセルだったわけじゃねぇ」

　スリーパーセルとは他国に一般市民としてさし込む諜報員を指す。雑草のように人知れずその国に根を張り、内部から崩壊させようとするのだ。

　日本のあらゆる組織に朝鮮人民軍情報部、中国国家安全部のスリーパーセルが入り込んでいるとされる。

　闇社会のスリーパーセルと闘うのが、主に関東舞闘会の役目だ。

「本題に入るわ。真美さんを乗せていたタクシーのドライバーの松平紀明についていろいろわかったわ」

「おおっ」

　早く聞きたいと神野はまえのめりになった。と、そこに情婦の景子がノックもせずに入ってきた。神野の事実上の妻であり、神野組の大姐である。

「ねぇ、涼子ちゃんにはこれなんかどうかしら。なかなかシックでいいと思うのよ」

　景子が両手に持ったワインレッドのジャケットとシルキーホワイトのフレアスカートをひらひらさせた。

「いまはそれどころじゃねぇ、たこっ」

神野はローテーブルの脚を思い切り蹴った。

「景子姐さん、ナイスセンスです。それだったら私も着られますよ。いただきます」

意に反して涼子が立ち上がり、ジャケットとスカートを受け取った。

「だから、それは後にしろよ」

神野は再びローテーブルの脚を蹴った。ふたりの女は特に動じることもなく、他に入り用なものを話し合ったりしている。神野は葉巻を吸いながら待つしかなかった。いらいらするものじゃない。

三分ほどで景子が出ていき、涼子も座り直した。

「真美さんを吉原から乗せたタクシーは、偶然現れたんじゃないっていうのが私の結論」

涼子がいきなりそう言った。せっかちな神野の性分を見越しているようだった。

このテンポがよい。

「つまり、運転手は彼女の顔も素性も知っていたということだな」

神野も一足飛びに思ったことを言う。

「そうだと思う。なぜならドライバーの松平紀明は、二十三年も国会議員の公用車の運転手として衆院や参院に派遣されていて、総理が平議員の頃から何度も運転手を務めたことがあるのよ。当然、南青山の私邸の場所も知っているから、真美さんや奥様の顔を覚えることも可能だったということになるの」

涼子が裏付けを伝えてきた。

この論法を極道は好む。まず結論。そしてその理由だ。それから細部の確認に入る。

「ハイヤー会社はいつ辞めた？」

「三か月前。それまでずっと『大鵬《たいほう》ハイヤー』の要人部門専属だったのに、いきなり別のタクシー会社に再就職っておかしいでしょ。大鵬ハイヤーは、松平は客とも会社とも何らトラブルはなかったといっているし」

三か月前。藤林真美が吉原で働きだした時期と一致する。

「マトにかけていたってことだ」

「そうなると追突した大空の党もちょっと怪しくなる。これ政局がらみじゃないかしら」

「可能性大だ」

神野は葉巻の煙を吐いた。入道雲のようにあがっていく煙の中に大空の党の党首、大道寺公輔《だいどうじこうすけ》のにやけた顔が浮かんだ。

だが目的がわからない。神野は目を閉じた。

「組長さんの方の情報は？」

今度は涼子が聞いてきた。

「組長に『さん』をつけるのはやめろ。印象が軽くなる。身内の女が呼ぶ場合はおやっさんだ。『あんた』と呼べるのは景子だけだ。いいな」

「わかりました。ではおやっさんの方の情報は？」

涼子は素直に言い直した。

「会員制の女性専用風俗倶楽部《クラブ》を立ち上げようという話がある。そこと繋《つな》がっているのではないか」

結論から言った。

涼子はきょとんとした。

「ソープから女風に飛びますか？」

「夕方、青木ヶ原樹海付近でAV男優の遺体が発見されたのは知っているか」

「異動中にスマホのニュースで見ましたが、それが？」

涼子はまたもや首を捻《ひね》った。頭の中で繋がらないらしい。

神野はソープランド『ホットポイント』とAV男優専門エージェント『タフマンズ』で聞いた話をかいつまんで話した。

　五分以上かかったが、話し終えると涼子は膝を叩《たた》いた。

「亡くなったAV男優に女風の仕事を吹き込んだ女と、タクシードライバーが繋がるとビンゴですね」

「そういうことになるが……」

　双方の情報の接点はいまのところない。ここからは、敵中に忍びこむしかない。

「私がセレブになりすまして花石尚子を当たりますよ。おやっさん、会社のひとつも持たせてくれませんか」

「いや、いまどき会社経営者なんてセレブじゃねぇ。設定は利息生活者だ。資産運用だけで生活が成り立っている女という役がいい」

「なるほど、それならお金さえ持っていればいいことになりますね」

「そういうことだ。資産に関しては、はっきり言わなくてもいい。本当の金持ちは決して自分が金持ちであるとは言わないからな。ただ独特の匂いや、雰囲気を持っている。それが出せるかな？」

「やってみます。私はノンキャリアの公務員ですが、多くの財界成功者の立ち居振る舞いを見ています。担当した政治家はいずれも自意識過剰、自己顕示欲の塊でしたが、成功した事業者はいずれも質素で目立とうとはしませんでした。特に資産家は質素ですね。格安ショップで買ったような洋服を着ているんです」

「それだよ。資産家は自慢話はむしろ身の危険を招くと知っている」

神野は涼子を勘のよい女だと思った。こいつならやれそうだ。

「花石尚子は、秋川に興味を持ったら、とことん調べてくる。そのときチラリと神野組との関係を見せる」

神野はにやりと笑った。

「えっ？　それは逆効果じゃないんですか？」

涼子が怪訝な顔をした。さすがにその意味まではつかめないらしい。

「ただの資産家ではなく、極道とも繋がりがあると知ってどうでるかだ。俺はよけいにのめり込んでくると思う」

「彼女が闇組織も味方につけたがるということでしょうか」

「花村尚子という女も『フラワーコネクション』という会社も、関東舞闘会のいかなる枝とも関わっていない。つまり闇の勢力との繋がりは弱いと見るべきだ」

「関わりたくないのでは？」

「直接は関わりあいたくはないだろう。だがヤバいことをしようとしている人間なら、必ずどこかで興味を持つ。極道っていうのはそういう存在なのさ」

「それ、なんとなくわかります。賭けになりますが、私の後ろに極道がいると知ってさらに親しくなろうとしたら、大きな悪だくみをしているという証《あか》しになりますね」

「やはりあんたは勘がいい」

神野は感心した。

「おやっさんは、大姐さん以外の女も『あんた』っていっていいんですか？」

「いいんだ。神野組内では俺が法律だ。俺が勝てないのは黒井総長だけだ」

「参考までに聞きますが、私が黒井さんの情婦《まぶ》になったら、おやっさんは何て呼ぶんですか」

いやなことを聞く女だ。

「その場合は俺は『おかみさん』と呼ぶ」

「私はおやっさんをどう呼ぶんですか」

「『神野』と呼び捨てだ」

「それ、いいですね。ノンキャリの公務員って下剋上《げこくじょう》に憧れるんです」

「妙な気を起こすんじゃねぇぞ」

「わかっています。さっそく花石尚子への接触方法を探ります」

「頼んだぜ。こっちは松平紀明という運転手の周辺を探る。それと大空の党というのも揺さぶってみる必要があるな」

「お願いします。政界では、私は顔が知られているので、動きにくいんです」

「まかせろよ」

話はそれで終わった。

涼子は洋服やアクセサリーを借りるために、三階の景子の部屋に遊びに行った。

神野は若い衆を連れてあずま通りのソープに遊びに行くことにした。

ソープは聞き込みに行くところではない。抜きに行くところだ。

第四章　赤い影

1

十月二十三日。午後八時。

涼子は、さっそく仏屋次郎と花石尚子のふたりが出会ったという六本木のスナック『バブルナイト』に向かった。

店は閻魔坂《えんまざか》にあった。

ネオン煌《きら》めく国際的歓楽街六本木にあって、唯一このあたりだけは、陽《ひ》が落ちると闇に包まれる。

六本木のど真ん中にある墓地の脇にある坂道だからだ。その閻魔坂の中腹、かなり古い飲食店ビルの六階に『バブルナイト』はある。

一階は居酒屋で、二階から五階まではワンフロアに二軒ずつの店が入っているようだ。オヤジ系スナックからボーイズバー、ガールズバーらしき看板が出ているがいずれも小規模店のようだ。

六階は『バブルナイト』だけになっていた。下の階の倍の広さだ。

午後八時。六本木はまだ宵の口だ。

「はじめてですが、いいですか」

涼子はいきなりその店の扉を開けた。客はまだ誰もいない。

「あっ、どうぞ。うち普通のカラオケスナックですけど、それでよければ」

カウンターの中から中年女性がハスキーな声で言った。ひとりでやっているという感じだ。日に焼けた肌に髪はシルバー染め。サーファーっぽい。

店内はゴールドの壁にシャンデリア。四十年前のディスコという感じで、まさにバブルのムードだ。

涼子は大理石のカウンターの背の高い椅子に座った。

コの字型でざっと十五席。その背後にソファー席がある。

カウンターの下側は鏡張りになっていた。自分の美脚が映る。景子に見立ててもらった灰色に白い縦縞《たてじま》のスカートを着てきている。地味なOL風ということで選んでくれた服だ。

極道の情婦がなんでこんな地味な服まで持っているのだろうと不思議に思い聞いたら、経営しているデリヘルのコスプレなのだそうだ。

変わった車ばかりではなく、いろいろ揃《そろ》っている極道一家であった。

タイトスカートからナチュラルカラーのストッキングに包まれた脚が伸びていた。OL風というより消費者金融の受付のような感じだ。

「私、ヨーコです。うちの店をどこかで聞きました？」

「いいえ。看板につられて入ってきちゃいました。なんだか運が付きそうな店名なんで。私、秋川っていいます」

そういうとヨーコは声を上げて笑った。

「あら、それは嬉《うれ》しいわね。本当に運が上がるといいんだけど。うちカクテルとかおしゃれなものはおいてないのよ。何せ私ひとりでやっているから」

「グラス生ビールお願いします。それと枝豆ください」

涼子はカウンターに置かれたメニューを眺めながら言った。ジョッキで飲みたいのはやまやまだが、アルコールが入ると集中力が下がる。

「六本木はよく来るの？」

ヨーコがちょうどよい分量の泡の乗ったグラスを差し出しながら聞いてきた。水商売なりの人物調査だろう。

「いえ、たまにですね。そもそもひとりではあまり飲んだことがないんです」

「なら今夜は、なんかあったの？」

「はい、久しぶりに大学時代の友達と食事をした帰りなんです」

「あなたＯＬさん？」

「いいえ。仕事はしていません」

「実家？」

ヨーコの質問はさりげなく、けれども巧みに人物像を探ってくる。ベテラン刑事の取り調べのような絶妙な匙《さじ》加減だ。

「いいえ……ひとり暮らしです」

「プーってこと？」

たしかにそういう見方もある。

「いえ、そういうわけでもないですが」

涼子は微苦笑《びくしょう》した。

「あっ、ごめん、結婚しているのね。主婦っ」

「それも違います」

「ひょっとして、あなた資産家とか」

「まさかっ」

涼子は顔を顰《しか》めて、強く否定した。資産家と聞かれて、はいと答える資産家はいない——の原則を守る。

「よくわからない人ね」

ヨーコが不機嫌な顔をした。素性が知れない者は客として好まれないのは当然だ。

「OLを十年して先月退職したんです。その間に貯《た》めた貯金と退職金で留学が決まったので」

筋書通りのプロフィールを披瀝《ひれき》した。

「あら、素晴らしいわ。アメリカ？」

「はい、ネバダ州立大学でとりあえず語学課程に入学です」

ビールをぐっと飲んだ。

「ネバダ？」

ヨーコが首を傾《かし》げながら自分用らしいグラスにバーボンを注いでいた。I.W.ハーパーのソーダ割りのようだ。

「ネバダ州立大学のラスベガス校なんです。カジノ学科があるんですよ。まもなく日本でも解禁になるので、そっち方面を勉強しておこうかなと」

「なるほど。時代の尖端《せんたん》をいっているわね。じゃぁ乾杯っ」

ヨーコがグラスを差し出してきた。この店の客として認められたらしい。そこからは世間話だ。

涼子がさりげなく質問する。

「こちらは、やはりサラリーマンの方が多いんですか」

「そうでもないわよ。むしろフリーランスが多い。といってもさまざまだけどね。WEBデザイナーとかIT系の人とか、ライター、カメラマンも」

「クリエイター系の人が多いんですね」

「うーん。そうとばかりも言えないのよね。医師や弁護士も来るし、個人経営に近い会社をやっている人とかも。サラリーマンも来ないわけじゃない。うちはね、どっちかっていうと他の店でわいわい飲んだ後に、ひとりでぶらっと寄るっていう人が多いの」

ヨーコがグラスを舐《な》めるようにしてバーボンを飲む。セクシーだ。

「なんとなくわかります。今夜の私もそうですから。みんなともう一軒は行きたくないんだけど、まっすぐ帰りたくもないっていうのありますから」

「それそれ。それでここで隣り合わせた人なんかと適当なことを喋《しゃべ》って帰るの」

言いながらヨーコがＢＧＭのスイッチを入れた。低い音でジャズピアノが流れる。

「それいいですね。ここだけの友達っていいですね」

「そう、ここで出会った弁護士さんに法律相談にいったり、医師に診てもらうことになったりするらしいわ。私もここでインフルエンザの予防接種してもらったりするしね」

ヨーコが笑った。笑い声もハスキーだ。

「超お得ですね」

「でもね、びっくりすることもあるよ。声優だって言っていた人が実はＡＶ男優だったり、美容師だと名乗っていた女性がデリヘル嬢だったりとかね。酒場で本当の職業を言う必要はないからねぇ」

と涼子の目を見据えてきた。

「あっ、私、本当ですよ。一月前までは新宿の貿易会社のＯＬでした。あまり有名じゃない中堅商社ですけど」

焦って付け加える。だが、これもさりげなく伝えておきたかったことだ。

「疑ってなんかいないわよ」

とヨーコ。目尻に皺《しわ》を寄せて笑う。

「よかったです。私にもバーボンのソーダ割りをください」

AV男優ときいてついつい聞きたくなったが『聞きたいことは聞くなが鉄則だ』という神野の指示を守った。

あれやこれや話しているうちに小一時間が過ぎ、午後九時になると客がぱらぱらと集まってきた。確かにいずれもひとり客である。ヨーコはどの客にも親し気にお帰りなさい、と声をかけている。

四十歳ぐらいの精悍《せいかん》な顔立ちの歯科医師。大手商社に勤めているらしい三十代のサラリーマン。それに赤いカーディガンが似合う白髪の小太りの老人。近所の酒屋の御隠居だそうだ。ヨーコは客が入ってくるたびに『新しいお客さん』といって涼子を紹介した。

そのたびに涼子も立ち上がって会釈した。

「あら尚子ちゃん、お帰りぃ」

ヨーコが扉を開けた客に対して声を張り上げた。尚子という声に思わず反応しそうになったが、ぐっとこらえてカウンターの前の酒棚を見つめ続けた。

尚子と呼ばれた女がカウンターに座った。

涼子の席から斜め向こう側の位置だった。バストラインが強調されたネイビーブルーのニットセーターに白のワイドパンツ姿だ。

「やぁ尚ちゃん。次郎さんのことは知っているのかい」

唐突に酒屋の隠居が聞いた。名は益田耕作《ますだこうさく》といっていた。

「ええ、ニュースで知りました。びっくりですよ。十日前にここで顔を合わせていたのに、もうこの世にいないなんて信じられない」

尚子はいきなり涼子の方へ向き、合掌し頭《こうべ》を垂れた。

――えっ。こっちむいて、何よ。

涼子は面食らった。

「尚ちゃん、やめなさいよ。こちらのお客さん、今夜初めてなんだから。仏壇にしないで」

ヨーコが尚子を窘《たしな》め、涼子に向き直った。

「ごめんなさいね。そこにいつも座っていたＡＶ男優が、昨日遺体で発見されたっていうのよ」

「えっ、ここですか」

涼子は目を丸くしたまま目の前のカウンターの下や椅子の周りを見回した。本業で遺体は見慣れている。けれど亡霊というやつには弱い。

「仏屋次郎さんっていってね。五十を超えているのに引き締まった身体《からだ》をしていたな。本当に仏になっちまうなんて」

益田がたるんだ頰を撫《な》でながら、やはり涼子の席に視線を向けた。商社マンや歯科医師も何気に涼子の胸のあたりをぼんやり眺めている。

「秋川さん、席を変えましょう。こっちのコーナーに座りなさいな。私もうっかりしてたわ」

とヨーコが尚子の隣の席を指さしてくれた。

「あっ、はいっ、わかりました」

黙しているうちに勝手に上手《うま》い方へ転がるとはこのことだ。

「花石尚子です。あなたよりたぶん五歳ぐらい上だけど、元ＯＬ。いまはパーティイベントの運営会社をやっているの」

尚子は年齢も元いた広告代理店の社名も言わずに、『フラワーコネクション』代表取締役の名刺を差し出してきた。

涼子は移動しながら、さりげなくコーナー席の背後にある鉄製の壁にマイクロレンズを張りつけた。同じ黒色のマグネット式だ。これで歌舞伎町の組事務所に画像が飛ぶ。若頭補佐の佐々木に渡されたものだ。

「社長さんなんですね」

「株式会社と言っても正社員が三人だけの会社よ。個人事業主に毛が生えたようなものだわ」

飲んでいるのはグラスビールだ。

「皆さん、私が奢《おご》るわ。次郎さんを偲《しの》んでシャンパンで献杯しましょう」

カウンターの逆端でヨーコがフルートグラスを並べ、酒棚からヴーヴ・グリコのイエローラベルを下ろした。じきに客たちに配られる。涼子の前にも置かれた。

「私はお会いしたこともないのですが」

「秋川さん、今夜ここに来たのも何かの縁よ」

尚子がそう言いながら、軽く膝を撫でてきた。親しみを込めた撫で方のようであり、女色の気配を感じさせるいやらしい触り方でもあった。

この女そっちか？

献杯の発声は最年長者ということで酒屋の隠居益田が担当した。

「次郎ちゃん、天国でも仏壇返しで沢山射精してくれ。献杯っ」

その声に続いて、他の客たちも一斉に『献杯っ』と『射精っ』と声を張り上げた。

射精と言ってから飲むシャンパンは、微妙な味だった。

その後も客が増えてきたが、ヨーコは見事な会話力で客たちをコントロールしていた。

「将来カジノリゾートが東京にも出来たら、私もコンパニオンなんかを派遣するつもり。その頃は秋川さんはラスベガス仕込みのエキスパートとして、運営会社の人になっているかもね」

尚子はそんなことを話しながら、やたらと涼子の身体を触ってきた。太腿《ふともも》、腕、腰、背中。やわやわと触ってくる。

ひょっとしたら獲物として狙われているのかも知れないと思ったが、それならば乗るのも手だ。涼子はさりげなく身体をくねらせた。

スカートスーツのタイトミニがぱっと開いた。白のパンティがカウンター下の鏡に映るが、涼子はそのまま開いたままにした。

「まぁ、留学しても無事卒業できるかまだわからないですから」

などとさしさわりのない会話をして涼子も尚子を観察した。

如才ない女経営者。そんな印象だ。涼子と話しながらもカウンターの中のヨーコや精悍なマスクの歯科医師と時々冗談を飛ばし合う。

「尚ちゃんの女風ビジネスは、次郎さんなしでも進めるんかい」

御隠居と呼ばれている益田がそう言ってきた。この老人は、こちらが聞きたいことを見事に口に出してくれる。

「そのつもり。だってこれから絶対に繁盛するビジネスだもの」

「セラピストはどうするのさ」

歯科医が興味ありげに聞いている。

「次郎さんがスカウトしてくれていた人たちが沢山いるのよ。みなさんＡＶで腕を磨いた人たち」

「セラピストのテストは尚ちゃんがやるのかい」

今度は商社マンがからかうように言う。

「まぁ、そういうことになるかしら。ヨーコママや秋川さんにも頼もうかなぁ」

と尚子が股間に手のひらを滑り込ませてきた。

さすがに身構えた。全身に力が入る。

「ねぇ、秋川さん、男とやりたいと思ったことない？」

尚子の指がパンティクロッチを脇に寄せた。女の秘園が鏡に映る。

「いや、それは……」

言い淀《よど》む。

「ないわけないでしょっ」

人差し指が秘孔にぷちゅっと入ってきた。男客たちは気づいている様子もなく、それぞれ語り合っている。

膣《ちつ》の中で指をヘリコプターのようにぐるぐる回転させている。

「んんんんっ」

動転するやら気持ちがいいやらで脚がつっぱった。尚子の親指がクリトリスにも伸びてきた。

これ以上されたら椅子から飛びあがりそうだ。

涼子は太腿をきつく閉じた。強烈な圧力にたまらず尚子は、手首を抜いた。

「それじゃ、私はこの辺で。初めて来ましたが楽しかったです。私も常連になりたいので、また来ますね」

今夜はここまでだ。尚子と深入りをするにしても今夜ではない。それとシャンパンが結構効いた。まだ午後十時だった。

2

グラスビールとバーボンのソーダ割りが一杯ずつ。それにシャンパン二杯だけなのに、六本木の風景がグラグラと揺れて見えた。

そういえば枝豆以外何も食べていないのだ。空腹にアルコールが効いたのかも知れなかった。

涼子はたまらず交差点近くのショットバーに飛び込んだ。以前に何度か入ったことのある地下のバーだ。

階段を下りる足元も危なかった。扉を開けると正面の酒棚がぼやけている。焦点の合わないレンズで見ているようだ。

「すみません。先にお水を一杯ください。それとカツサンドを」

このバーの名物はカツサンドだ。揚げたてのヒレカツをキャベツと共にトーストに挟んで出してくれる。

「はいお待ちっ」

蝶《ちょう》ネクタイのバーテンダーがロックグラスになみなみ注いだミネラルウォーター

をくれた。

喉を鳴らして飲んでひと息入れた。

神野に報告をするためスマホを取り出そうとトートバッグを掻《か》きまわした。バッグの底に百円玉が一個落ちていた。涼子は訝《いぶか》しく思った。

入っているはずはない。

このトートバッグは今日の午後に歌舞伎町のセレクトショップで買ったばかりで、涼子は紙幣とクレジットカード以外は持っていなかった。

取り出してみると百円玉とサイズも重さも同じだ。自動販売機では使えるだろう。だが僅かに彫りが浅い。

涼子は素早く特殊スマホを取り出しコインを撮影した。警視庁警備部のSPと公安捜査員だけが持つこのスマホには、透視ルーペがついている。

通称『シースルー』。

金属の内部物質まで検証できるのだ。内側に発信端子が埋め込まれていた。

――速い仕掛けだわ。

おそらく会話中に尚子が投げ入れたのだろう。そしてシャンパンにも幻覚薬を混入されたようだ。それも普通の睡眠導入剤などとは違うバルビツール系の幻惑作用の強いものだろう。

途中からそうではないかと疑っていたのだ。

酒屋の御隠居がやけに涼子に都合のよい質問を尚子に次々に浴びせてくれるものだと感じてもいたのだ。

美味《おい》しすぎる展開にもっと注意深くあるべきだった。

幻覚薬は今夜いた歯科医師か他の常連の医療関係者が持ち込んだものに違いない。つまり店ぐるみなのだ。

一体どの時点からマークされたのだろう。

涼子は側頭部を拳で何度も叩いた。まだ頭の中がもやもやしている。頭蓋の真下が重い感じだ。

「ちょっと飲み過ぎたみたいです。お水をデカンタごと貰えますか」

こんなときはとにかくひたすら水分を補給することだ。

今ごろ尚子はスマホでこちらの位置を捕捉していることだろう。涼子はコイン型GPSを眺めながら考えた。

――捕まってしまうのも手だ。

そのほうが敵中に入れるというものだ。そしてなぜ自分がマークされていたかもはっきりする。

——それに決めた。

神野にはこの状況を伝えるメールを送る。もちろん暗号化したものだ。

同時に奥歯を噛《か》んだ。スイッチが入る音がする。涼子は右の奥歯の中にGPSを入れてある。小さな穴を開け、これでどこに拉致されても、神野組本部と警視庁警備部の双方が足取りを追うことが出来るのだ。強く噛むとスイッチがONになる仕組みだ。

神野へのメールを送ったところで、スマホの全データを消去する。

水分を補給すると徐々に頭が軽くなってきた。

「お待ちどおさま」

そこに熱々のカツサンドが来たのだから最高だ。ゆっくり食べてから涼子はバーを出た。

六本木交差点を渡り乃木坂《のぎざか》方面へと歩いた。東京ミッドタウンを越えたあたりでトートバッグから百円コイン型GPSを取り出し、路上に捨てる。ローヒールの踵《かかと》で踏み潰し、そのまままっすぐ歩いた。

乃木坂の交差点を越えると繁華街が途切れ、闇の色が濃くなる。昼間はオフィス街だ。

涼子の傍らに黒のアルファードが止まった。

――おいでなさった。

あまり痛い目には遭いたくない。朦朧《もうろう》としているふりをしてあっさり捕まろう。そう思ったところで、アルファードの助手席の窓がすっと降りた。GIカットの男の顔が覗《のぞ》く。白い銃を向けられた。

モデルガン？　それともおもちゃのピストル？　それで脅すの？　一瞬意味がわからなかった。

首筋の一点に微熱を感じた。手で押さえるとパワーポインターのようなマークがついている。

――まさか……。

GIカットの男が手にしているのはWATTOZZ《ワトズ》ではないかと一歩後退した瞬間、尖端に青い閃光《せんこう》が見えた。

首筋に衝撃が走り、涼子は一瞬にしてその場に頽《くずお》れた。

3

尚子の声がした。

「最初に太腿を触っただけでわかったわ。凄い筋肉。この脚で回し蹴りや膝蹴りを食らったら、シゲル、あんたでもでも吹っ飛ばされるわよ。ワトズを使って正解」

涼子は薄目を開けた。アルファードの後部席に寝かされていた。フロントガラス以外はカーテンで覆われているので、どこを走っているのかさっぱりわからない。頭が尚子の膝に上に乗せられている。

スカートスーツのジャケットを脱がされ、ブラウスのボタンもすべて外されているようだ。生乳が晒《さら》され、自分の腕は、結束バンドで後ろ手に縛られていた。乳を出しているのが恥ずかしい。

「こんなおもちゃのガンみたいなもので、倒せるとは思っていませんでしたよ」

GIカットの男がため息をつくように言った。シゲルというようだ。

モデルガンのように見えたのはやはりワトズだった。

ワトズはトルコの多国籍企業アルバイラクラー・グループが開発した護身用スタ

ンガンだが、従来のスタンガンと異なる。対象に接近しなくても、電流を飛ばせるというものだ。

「この女はおそらく公安《ハム》か内調《サイロ》の捜査員。次郎の遺体が発見されて一番最初にやってくる初会の客を疑えって、御隠居がいっていたじゃない」

御隠居とは酒屋の元主人といっていた益田耕作のことであろう。

「この筋肉は趣味でジムに通っているレベルじゃない。戦闘を前提にした部分の鍛え方が半端じゃない。シゲル、そのローファーのつま先と踵を調べて」

まずい。尚子が指摘したローファーは捕まる前に脱ぎ捨てるべきだったのだが、とっさのことで履いたままになっていた。

「おぉ、危ない。爪先にも踵にも鉄の錘《おもり》が仕込まれていますね。脚を鍛える意味もあるんでしょうが、これで顔を蹴られたら、確かに頬骨も折れて、修復代がえらく高くつきそうだ」

力任せにローファーの底を剝がしたシゲルが、顔を顰《しか》めている。これで完全にばれてしまった。

「潜入捜査員なら消されても公開されないでしょう。さらに捜査が入ってもそいつらも潜入捜査員。だったら片っ端から消してしまえばいい。今度は俺が直接埋めますよ。下請けにやらせるとろくなことがない」

シゲルが太腿を撫でてきた。

同時に尚子が右乳をやわやわと揉みだした。

下乳から小豆色の頂きに向けて、搾るように揉み上げてくる。

「あんっ」

乳など出るわけがないのだが、液が飛び出すのではないかというふうにぎゅっと搾りたててくる。

けれども乳首には触れてこない。乳暈《にゅううん》の少し手前で『絞り上げ』は止まる。これを繰りかえされると、乳首が疼《うず》いてしょうがなくなる。

右の乳暈がぶつぶつと粟立《あわだ》ち、乳首はポップコーンのように腫れあがった。自然に腰がくねる。スカートスーツの裾が上がり、シルキーホワイトのパンティがちらりと出た。尻は大きな方だと自覚している。

乳首に全神経がいってしまっているので、下半身まで気が回らない状態だ。

「やけにエロいケツだな。尚子さん、俺やりたくなってきましたよ」

シゲルに太腿を撫でられた。

「あうっ」

身体中が性感帯になってしまっているのだろうか。軽く撫であげられただけなのに激しく寝返りを打ってしまうほどの反応をしてしまった。

「ただで気持ちよくなんかしたらだめよ。男の射精と同じで女も絶頂しちゃったら、あとは醒《さ》めてしまうんだから。使い物にならなくなるわ」

いったい私を何に使うというのだ。

「そうでしたね。『女だって金を出してでも男とやりたい』が尚子さんの口癖ですものね」

「そうよ。シゲル、あんた仏屋次郎の泣かせのテクをさんざん見てきたでしょう。やってごらんよ。いらいらを最高潮にもっていくときは次郎は『褌擦《ふんどしこす》り』を使っていたわ。それでこの女を利用しよう」

褌擦り？　涼子には意味不明だ。

「やってみます」

シゲルがスカートを一気にまくり上げてきた。今度はヒップが丸出しになる。

敵中に潜るのだから、見破られ、レイプもありえると覚悟していたが、あまりにも唐突にその瞬間がやってきたので、恐怖よりも照れくささが先に立ってしまった。

「見ないで……」

擦《かす》れた声でそういったものの、触ってもらいたいという感情も股間の奥深くから湧き上がってくる。

いきなりシゲルにパンティクロッチを狭められた。股の基底部を覆っていた舟形のクロッチを紐《ひも》のように細められてしまったのだ。

なるほど褌を食い込まされたような気分だ。

当然その脇から、陰毛と左右に割れた肉丘がはみ出してしまう。小陰唇もちらりと覗いていることだろう。

マンを見られる覚悟はしていたが、この中途半端さは何とも無様《ぶざま》だ。そしてこの股布が割れ目を擦《こす》るのかと思うと、勝手に尻が痙攣《けいれん》しはじめ、股間が燃えるような疼きに包まれた。

「やめて……」

今度は心底そう思った。

脱がすなら、すっかり全部脱がして欲しかった。

「この女、もうエロエロになっていますね。まん汁が練乳状態ですよ」

シゲルの言葉に涼子は、耳たぶまで赤くなるのを感じた。恥ずかしい、恥ずかしすぎる。

紐状のクロッチを上下左右に揺さぶられた。発情しすでに表皮から赤い顔を出しているクリトリスが擦られた。

「ぁあぁ」

束ねたパンティクロッチで擦られる感覚は複雑だ。どんどん肉芽が硬度を増してくる。

「あふっ、いやっ」

もっと擦ってと叫びそうになるのを涼子は懸命に堪《こら》えた。

「おっぱいもクリクリと同じぐらい硬くなっているみたいだわ」

あいかわらずやわやわと乳房を絞り上げてくる尚子は、いきり勃《た》った乳首を凝視しながらも、決して触ってはこない。

代わりに粟立つ乳暈を指の腹でなぞってきた。

「いやっ、あうんっ、くぅううう」

涼子は口を真一文字に結び、背筋を反らせた。得体の知れない快感と肝心なポイントを刺激してもらえない苛立《いらだ》ちに脳が混乱し続けた。

たぶんおまんこはぐちゃぐちゃだ。

「なんだかこっちまでまん臭《しゅう》が流れてきたぜ」

運転席でステアリングを握っていた男までそんなことを言う。スキンヘッドだった。

──だめだ。その頭が亀頭に見える。

「おっぱい。ぎゅうぎゅうして欲しい？」

尚子がふっと右乳首に息をかけた。それで微《かす》かに残っていた理性がふっとんだ。

「ぁあああ、ぎゅっと潰してっ」

「クリトリスはベロ舐めして欲しいだろう」

シゲルが口から大きな舌を出して言う。

「はいっ、思い切り舐めてください」

もうなんでも許容する。疼いて疼いてしょうがないのだ。尿を我慢しているときの切迫感に似ている。実際、失禁寸前だ。

──とにかく思い切り出したい。

尚子が一台のスマホを取り出してきた。涼子のものではない。勝手にどこかにかけている。

「はい、スマホに向かって『もう終わりにしてください』と言って。そしたら一杯触ってあげるわ」

スマホの送話口を差し出された。意味がわからない。

けれども、もはや快楽以外のことに興味がない。それがどんな符牒《ふちょう》だったとしても、知ったことではない。

いまは乳首を摘まれ、クリトリスをベロ舐めされたいのだ。

「もう終わりにしてください」

言ったとたんに尚子に左の乳首を強烈に摘まれた。パンティクロッチをずらされ、熟した果実のようになっている股の狭間《はざま》もシゲルにベロリと舐められた。

「あぁあああああああああああああああああああああっ」

涼子は狂乱の声をあげ、一気に極点へと達した。

4

「カウンターの下の引き出しに拳銃が五丁隠されていますが、あれはノリンコＮＰ７ですね」

佐々木が五十インチのモニター画面に映るレントゲン写真のような動画を指さして言った。ノリンコとは中国最大の兵器工業集団で、ノリンコのＮＰ７といえばオーストリアのグロック17のコピー銃である。

歌舞伎町二丁目の神野組事務所のモニタールーム。涼子の貼り付けたマイクロレンズがカウンターの内部を映しているのだが、木や鉄なら通せる透視機能が付いているのだ。涼子が捕らえられたことがわかったので、神野らは今一度『バブルナイト』の店内をマイクロレンズ越しに調べているところだ。

「ってことは中国海外警察の拠点《ブランチ》ということだな。集まっているのは情報第三部の紅豹の連中だろう」

神野は断じた。

横浜から座間の米軍キャンプまで運んだ坂東克久と同じ日本生まれの諜報員――つまりスリーパーセルに違いない。

彼らが他人同士として何気なく打ち合わせをする場所が『バブルナイト』ということだったのだ。

坂東は日本人の諜報協力者《レッドマン》のリストはくれたが、さすがに仲間までは売ってくれなかった。

それどころか、坂東の米国亡命に手を貸したことから足が付いたと考えるほうが、この場合正解だ。

「それにしても涼子姐さんあっさり捕まっちまいましたね。あえて飛び込んじゃったんですかね」

佐々木が首を傾げた。

マウスでさらにレンズの解析率を上げている。いまにカウンターの棚そのものを突破して内部まで見えてくるはずだ。

「いや、これは、まんまと敵の罠《わな》にはまってしまったということだ。その原因は俺にある」

神野はテーブルの脚を蹴った。

こうなるように誘導されていたのだ。

相手が中国の諜報部だと判明したことで神野は悟った。

坂東を座間に運ぶ際に追ってきた紅豹機関と思われる連中を振り切ったつもりでいたが、それは甘かったということだ。

別に見張りだけをしていた連中がいたのだろう。

坂東を米国側に引き渡した後もセドリックは紅豹機関に尾行されていたのだ。

総理公邸に入ったところまで尾《つ》けられていたのだろう。

それで神野組のカバーは剝がされた。

紅豹機関は関東舞闘会が任侠《にんきょう》団体の覆面を被った諜報機関だと知ってしまったのだ。まずいことにそこに警視庁警備部の秋川涼子も合流してしまった。

すべて目撃されたと考えるべきだ。

後はすべて先手を打たれた。攫《さら》った方が追ってくる者の正体を知ったのだから、罠は仕掛けやすい。

吉原のソープ『ホットポイント』の富岡信正からAV男優のエージェント会社『タフマンズ』の上坂隆志の話を聞かされ、そこにいくと上坂はパーティ運営会社『フラワーコネクション』の花石尚子の名前を出してきた。

トランプのババ抜きのようにカードを摑まされ、涼子が敵の拠点である『バブルナイト』に出向かされた。

そう思えばすべてに合点がいく。

おそらくは上坂の妻も、タクシードライバーの松平という男も紅豹機関員か協力者だ。

まんまと涼子を捕られたのだ。

「奴らの狙いが見えてきたよ」

神野はひとりごちた。

「どういうことですか？」

キーボードとマウスを動かしながら佐々木が聞いてきた。

「女風を使ってこの国の中枢を操ろうってことだ。総理の長女はすでにその手に落ちている。秋川涼子のこともそう仕立て上げる気なんだ」

もともと中朝露の三国は、正面切ってのスパイ活動とは別に日本の闇社会を乗っ取り、そこからこの国を操ろうともしている。

チャイナマフィア、北系コリアンマフィア、ロシアマフィアという犯罪集団を、それぞれの本国は『恥知らずな一般国民』と斬り捨てるが実はその中に多数の工作員を紛れ込ませているのだ。

警察力はその国の中にしか及ばないが、犯罪者はいまやボーダレスである。マフィアとして堂々と暴力を振るい、逮捕される前に帰国し、次に入ってくるときはすでに別人になっている。逮捕しようのない状況だった。

そもそもその防衛のために関東舞闘会が用意され、いまなお闘っている。

紅豹機関は新たに風俗に攻め込もうとしているということか。特に女が男を買う時代になったことを利用しようとしているのではないか。

歌舞伎町で隆盛を誇るホスクラに紅豹機関が目を付けないわけがない。男たちを虜《とりこ》にするチャイナクラブに加えて、近年チャイホスが投入されているのは聞こえている。闇でやっているチャイナホスクラには多くの工作員が投入されていたはずだ。

だが、その一方でやってくるのが地雷系少女ばかりで、スパイも音を上げているという噂《うわさ》も流れている。一日中付け回されて面倒くさいらしい。

やるじゃないか日本の地雷系少女。

そこで、よりダイレクトな女風に切り替えたのではないか。それもセレブ専門の会員制にすれば大物はひっかかる。

秋川涼子もセックス中毒にされて操られることになりそうだ。早く救出せねばなるまい。

いきなり部屋が真っ白になった。ホワイトアウトだ。なんだこれ？

「ぁあああああっ」

突如、佐々木が叫んだ。目を押さえている。

「おやっさん、画面を見ないでください」

「えっ」

言われると見てしまうのが人情だ。神野は液晶画面に視線を向けた。

「うわぁあっ」

目に激痛が走った。太陽を双眼鏡で覗いたような光量に襲われる。

マイクロレンズに向けて大光量を放ったようだ。

神野は咄嗟《とっさ》に目を瞑《つぶ》り、床に伏した。それでも見てしまったせいか、いくら目を大きく開いても何も見えない。白くしか見えないのだ。

特殊閃光弾《スタングレネード》の光の部分だけが送信されてきたような感じだ。

そうだとすれば百万カンデラだ。

そんなことが出来る技術があるのかわからないが、いまこうやって『バブルナイト』側から発信されている光は、まぎれもなく目潰しライトである。

神野が見たのはコンマ一秒程度だったので、意識までは持っていかれなかった。だがおそらく三秒以上直視してしまったらしい佐々木は、気絶している。

非致死性であることを祈る。

目を瞑ったまま腕を伸ばして、デスクの上のリモコンを取り液晶を切った。光の射撃が止まる。

神野はじっと目を閉じて、網膜の機能が回復するのを待った。

五秒、十秒、徐々に目の痛みが取れてくる。開いてみると床がぼんやり見えた。脳はしっかりしているようだ。

大事を取ってもう少し目を瞑ったままにしていた。特殊閃光弾の場合は視覚だけではなく百八十デシベルの爆音で一時的に聴力も失うが、どちらも概《おおむ》ね二分で回復する。

特殊閃光弾は人質奪回などの局面で、一時的に敵の意識を奪うための武器に過ぎないからだ。これで失明することはないはずだ。

六十秒待った。

徐々に視界が復活してきた。直撃を受けた佐々木はまだ気を失っている。この場合、無理やり起こしても頭が回らないので自然に覚醒するまで待った方がいい。

しかし、クソみたいな攻撃をしてきやがる。

涼子の仕掛けたマイクロレンズの存在に気づき逆襲してきたのだろうが、やり方がこちらをおちょくっている。狼狽《うろた》えたこちらを思ってせせら笑っているに違いない。

座間で悪臭をくらわされた腹いせだろう。

なら次はもう一度でっかい屁《へ》をこいてやる。

立ち上がり胸ポケットから大型のサングラスを取り出し、もう一度液晶画面をオンにした。

「あ～ぁ」

今度は涼子の股間をとらえたパンチラ映像が映った。向こうもカウンターの下に隠しカメラをしかけていたということだ。つまり最初から涼子をマークしていたことになる。

尚子らしい女の手が伸びている。スカートの裾を少し捲《めく》って、内腿に手のひらを滑り込ませている動画だ。

ぐっと股を開かされ、ホワイトシルクのパンティが丸見えになっていた。ＳＰのパンチラだ。股布の脇から指まで入れられている。

「しかしなぁ」

敵中に入るためとはいえ、あそこまで股を開く必要はあったのだろうか。というか、パンティの底がもう濡れてしまっている。

「秋川ってどスケベ？」

神野は頭を掻いた。

「おやっさん、いま何て言いました？　あらら、あれ涼子姐さんの股間ですか」

佐々木も覚醒したらしい。

「おめぇは見るんじゃない。それよりも反撃の仕方を考えやがれ」

神野はリモコンで画面を消した。

「やり返してもいいですか。自分、ガチ頭にきてます。軽いジャブでも撃たなきゃ、眠れませんよ」

と佐々木がまたキーボードを操作し始めた。

三秒ほどして液晶画面が再点灯する。

店の様子が映っていた。俯瞰《ふかん》映像だった。

カウンターの中の女性を囲みながら語らう客たちの様子が映っている。モノクロ映像だ。カウンターのコーナー部分で、ちょうど若い男がペンシル型のライトを胸ポケットにしまっているところだった。

あれが特殊閃光弾と同じ光量を持つライトに違いない。その光を涼子の貼り付けたマイクロレンズに向けたということだ。

「おやっさん。防犯カメラを乗っ取りました。ジャブを撃ちますから見ててくださいよ」

「まずはこの映像を三十秒コピーしろ。全員工作員だ。総長に渡す」

「へいっ」

佐々木がマウスとキーボードを操作する音が室内に響く。約三十秒。俯瞰カメラを可能な限りズームしながら全員の顔を写しとる。

「完了しました」

「なら、好きにしろ」

「はい」

佐々木はふたたびキーボードを動かした。

いきなり鉄扉の中央部分から白煙が上がった。ペンシルライトを持っていた男の頭の上だ。男は頭を抱えて飛び上がった。

「涼子姐さんが仕掛けたマイクロレンズには、プラスチック爆弾を差し込んでいました。あの鉄扉ぐらいなら吹っ飛びます」

「おぉっ」

確かに鉄扉が木っ端微塵《こっぱみじん》になった。

「えっ？」

その扉から爆風が吹いてきた。すぐ前に座っていた男の身体が、浮き上がりカウンターの中まで飛んだ。まるで放り投げられた人形のようだ。

客もカウンターの中にいた女性も、一斉に窓の方へと移動した。天井や周囲の壁が崩れ落ちてくる。粉塵《ふんじん》で画面が見えなくなった。音声はないので何を喚《わめ》いているのかまでは聞こえない。

「おめえ、いったいどんな爆弾仕込んだんだ」

神野は佐々木の頭をはたいた。

「いや、普通のプラ爆です。扉が壊れる程度の……」

なのにまるで砲弾でも撃ち込んだような破壊力だ。

粉塵が床に落ちて、少しずつ中の様子が見えてきた。破壊された鉄扉の奥が見えてくる。まだ白い煙が舞っていた。

「あの中が見られるか？」

「天井のカメラからではギリですが、ちょいお待ちを」

佐々木がいろいろ工夫して、扉の中をズームアップした。

「うわっ」

神野はのけ反った。

棚にサブマシンガンや手榴弾《しゅりゅうだん》のはいった箱が並んでいる。『バブルナイト』は武器の保管庫の役目までしてやがったということだ。

鉄扉が破壊された弾みでいくつかの手榴弾が爆発したようだ。

「おめぇ、あぶねぇじゃねぇか。ビルごとふっとんじまうところだった。いや、おめぇが悪いわけでもねぇが」

それでも佐々木は、すみませんっ、と何度も詫《わ》びた。

と、突然、スプリンクラーが作動した。天井から水が降ってくる。中にいた連中が慌てて武器を取り出し、びしょ濡れになりながら同じ倉庫内にあったバッグに詰めはじめた。おっつけ警備会社がやってくる。その前に武器を取り出し、逃げ出さねばならないだろう。

濡れた銃はただちにオーバーホールをしなければ、錆《さ》びて使えなくなる。

ざまぁみろだ。

「で、秋川涼子の現在地は？」

聞くと佐々木がすぐに画面を切り替えた。大型液晶に東京北西部のマップがあがる。中央高速の八王子《はちおうじ》インターの先に赤い点滅が見えた。

「仏屋次郎の遺体が上がったのと同じ方面に向かっているな。河口湖《かわぐちこ》あたりに隠れ家がありそうだ」

「わかりました。央道連合の特攻隊にこのデータを転送して追いかけさせましょう」

「頼んだぞ」

白バイ並みの走りをする連中だ。夜陰に紛れて涼子を乗せた車を見つけ出し、その行先まで突き止めるに違いない。

神野はGPSが点滅するマップを眺めながら、いまごろやられているんだろうと想像した。

潜入捜査では止《や》むを得ないことだ。

と、神野のスマホが震えた。黒井からだ。一秒で出た。

「はいっ」

「総理に女の声で電話があったそうだ。『もう終わりにしてください』と伝えて来たそうだ。真美さんかどうかは、聞いた感じでは微妙なそうだが」

もう終わりにしてください、とは早く衆院を解散してくれという意味にも聞こえるし、辞職を促しているようにも取れる。

「その声はSPの秋川涼子の可能性もあります。一時間前に敵中に入りました。厳密には拉致されたのですがGPSで追跡できてます。拉致したのは紅豹機関ですが、秋川が潜れば、本筋が見えてくると思うんですが」

「本筋な……」

黒井はそう言ったまま黙り込んだ。

黒井にも本筋がまだ見えていないのだ。神野も同様だった。

総理の娘を拉致して解散総選挙を要求する。

そうまでして求めることではないのではないか。ほっといても総選挙の時期はまぢかだ。

もうひとつ疑問がある。

紅豹機関はセレブ女性専用の風俗倶楽部を作って、内部からこの国の大物たちに揺さぶりをかけようとしているのだが、それ自体、極道でも考える恫喝《どうかつ》手法だ。

もっと奥があるのではないか。

「総理は明日、幹事長に相談せずに衆院の解散を公表するそうだ。サイロとハムにだけ伝えてきた」

「やはりそうなりますか。救出が遅れて申し訳ありません」

民自党の選挙態勢はまったく整っていないはずだ。負けを承知で解散へ突っ込むということだ。

「時間をかければかけるほど、既成政党以外の泡沫政党がいろんな手を出してくる。総理としては立共党や威勢の会よりもそっちの方が怖いと」

「突然変異が現れるのがいまの選挙ですからね。どんな奴がでてくるかわからない。

ただ目立ちたいという輩《やから》も大勢いる。『大空の党』とかもなにがしたいのかわからない。でも結局は泡沫候補でしょう」

「そうなんだが、その『大空の党』もテレビで著名だったコメンテーターや元アイドルを積極的に担ぎ出している。本気で民自党の若手候補者の選挙区にぶつけてくるようだ」

「そうですか」

「まぁ、それも時代の要請かもしれんのだがな」

黒井が嘆息して電話を切った。神野も同感であった。

とはいえ、総理の長女を早く救出せねばならない。

スマホをテーブルに置くと佐々木がパソコンを見ながら言った。

「調布《ちょうふ》の工場にいる後藤《ごとう》がオールズモビルの車体から妙なフィルムが出てきたと言っていますが」

後藤は佐々木と同じ若頭補佐だ。車好きで神野や黒井の旧車コレクションはほとんどが後藤の手でレストアされていた。

「妙なフィルム?」

「ええ、昔の十六ミリフィルムだそうで、映写機がないと見られないのですがエロフィルムらしいと。それと一緒に出てきたメモに同じフィルムが存在すると書いてあるそうですが」

坂東が何か機密を残していったのではないか。

いずれにせよ、中国情報部の赤い影が見えてきたような気がする。

第五章　ブルーフィルム

1

十月二十四日。午前八時。

神野、佐々木、後藤は調布にある大活《だいかつ》映画の撮影所にいた。試写室を無理やり借りたのだ。

八ミリフィルムであれば昨夜のうちに調達できたのだが、十六ミリフィルムの映写機となるとそうはいかなかった。

ビデオが一般化される以前に家庭用として重宝された八ミリフィルムと、映画用の三十五ミリフィルムとの中間のサイズで、短編映画やニュース映画などに活用されたのが十六ミリフィルムだという。

「すっかり出番がなくなりましたが、十六の画質が好きだっていう監督もいるんですね。これ、まずリールに巻きますね」

三十席ほどの試写室にならぶ座席の中央に台を据え、その上に映写機を置いていた。本来は映写室から投影するのだが、三十五ミリ用映写機が据えられており動かせないという。

七十歳を超えているという白髪の老映写技師が神野から受け取ったフィルムを、大きなリールに巻き付けていく。

知り合いのプロデューサーに頼んで試写室を借りた。映画会社がロケの際に半グレなどと揉《も》めた際に神野組がなんどもカタを付けている縁だ。

調布にある神野組が買収した自動車修理工場でオーバーホールのために、後藤がいったんボディの上部を外しフレームだけにしたところ、中央部のシャフトにビニール袋が粘着テープで巻き付けられていた。

後藤は即、覚醒剤かと剝ぎ取ったが、中から出てきたのはこの十六ミリフィルムで、透かして見ると裸の男女が映っていたという。

「昭和のブルーフィルムってやつかもしれませんね」

佐々木が言った。

「朝っぱらかそんなもん見たくねぇがな」

正直、そう思う。

「準備が出来ましたので回します」

技師がそう言うとアシスタントが灯りを消した。

三十五ミリ用の大型スクリーンに対して、かなり幅の短い映像が投射された。

モノクロ映像だった。

スクリーンに映し出されたのは、複数の男女の絡みだった。

中央のアールヌーボー風のソファの前で女が蟹股《がにまた》になってフェラチオをしていた。逸物《いちもつ》は巨大で、女は頬に亀頭を浮かべながらしゃぶっている。和風美人だ。その斜め横の床の上でバックで挿入している男女の下半身だけが映っていた。

アングルから見るに、メインはあくまでもフェラチオをしている女だ。

男の顔は見えない。端に見えるテーブルは猫脚だ。

フィルムはかなり傷んでいるようでところどころに斜めの線がはいったり、突如、白い輪が浮かんできたりする。

「やたら豪華な部屋ですけど、これどこでしょうね？」

後藤が前に身を乗り出した。

「さっぱりわからんな」

「照明の当たり具合からみて撮影所のセットかもしれませんね。戦後間もなくの頃の映像じゃないでしょうか。占領軍向けのブルーフィルム」

白髪の老技師が言った。

「そういうものが制作されていたんですか？」

佐々木が問う。

「先輩たちが話していたのを聞いたことがあります」

技師は一九七五年の入社だが、当時の撮影所には戦前からのカメラマンや映写技師が数多く残っていたそうだ。

「映画会社のプロが非合法のブルーフィルムを撮っていたのですか」

神野は振り向いて訊《き》いた。

「はい、撮影所の再建資金のためだったと。あくまでも占領軍用として基地に納品していたと」

「日本人には見せなかったということか」

「そうらしいですね。ただ出演者には困ったそうです。女の方は娼婦《しょうふ》を口説いてどうにか調達できたようですが、当時は男の出演者を探すのが大変だったようです。

なにせED治療薬なんてなかった時代です。カメラの前で勃起し挿入するなんて、相当厚顔無恥な男でなければ務まらなかったでしょう」

老技師は、聞きかじりですよ、と断りながらも続けた。

「それに敗戦国の男として占領軍にナニを見せるのは嫌だったんでしょうね。調達されたのは中国人が多かったようです。その手配をする中国人も多かったようですね」

それで坂東がこのフィルムを持っていたというわけか。おそらく華僑《かきょう》マフィアの先輩たちから譲り受けたのだろう。

「まぁ、欧米人にはチャイニーズもジャパニーズも区別がつかないでしょうからね」

佐々木が納得したようにいう。

そして当時は中国人や朝鮮人が戦勝国民だったわけだ。

神野は歌舞伎町の先輩たちの時代に想《おも》いを馳《は》せた。

歌舞伎町は戦後に出来た歓楽街で、台湾系や韓国系の経営者が多いのは、そんな時代に焼け野原の歌舞伎町に根を下ろした外国人が多いからだ。

「しかし、なんで坂東さんはこのフィルムを車体に隠していたんでしょうね」

佐々木がスクリーンを見ながら首を傾《かし》げる。

「まったくだ」

神野も首肯した。

スクリーンに投影された映像は、フェラチオから挿入シーンに変わっていた。女がソファに仰向《あおむ》けになり、男が女の片脚を高く持ち上げ肩にかけながら抜き差ししている様子を真横から撮っている。焦点は女の股間でぴたりと合っており、そのものズバリの肉交がはっきり見える。

やや横ハメの構図。

サイレントにもかかわらず肉茎が出没運動を繰り返すたびに、卑猥《ひわい》な肉擦れの音が聞こえてきそうだ。

女の顔と交接部分ははっきり見えるのだが、男の顔だけフレームの上にあるようで映されていない。

そういう条件で出演していたのかも知れないし、男の顔を映さない演出手法が当時としては主流だったのかも知れない。

今こうして見ていても男の顔が見えないぶん、女の顔と体に集中できるのは確かだ。

カメラが半円を描くように動いた。

「これはやはり撮影所ですね。わざわざカメラマンがレールに乗せた台車で動いています。こんなの活動屋しかやりませんよ。これ、たぶんボレックス16というカメラだと思いますがハンドでも楽に撮れるカメラなんです。それをわざわざ、三十五ミリの大型カメラばりに台車で動かすなんて活動屋ですよ」

「なるほど、そういう見方もあるか」

神野が答えた。

男の尻越しに女陰を撮るアングルになった。睾丸《こうがん》を揺らしながら男は懸命に抽送していた。延々とそのシーンが続く。いくら生々しくても、同じアングルを長々見ていると、慣れてきて退屈になる。

神野は欠伸《あくび》をした。

「これ未編集フィルムでしょうかね」

技師が苦笑して続けた。

「カチンコこそ入っていないですが、いわゆる『シーン何番。ヒップショット』ということになります。他のアングルのものと組み合わせて構成していくためのワンショットということになります」

「このショットが細切れになって、女の顔やバストを揉《も》まれるシーンと繋《つな》ぎ合わせられるわけだ」

「そういうことです。それとこの場面、もう一台カメラが入っているのではないでしょうか」

「何故そんなことがわかる？」

神野は老技師を睨《にら》んだ。

「このカメラが一向にもう一組のカップルのセックスを撮らないからです」

「よくわからんが？」

「同時にもう一組もやってますよね。それも疑似じゃないです。挿し込んでいる様子が映っています。それをこのカメラが撮っていないのは、そっちはもう一台が撮っているってことでしょう」

「ほう」

言われてみればそうだ。そして男は永遠に腰を振っているわけにはいかない。出したら回復まで時間がかかる。それを撮っていないのはおかしい。

「もう一台のフィルムと合わせて一本になるのでしょう。たぶん乱交物です。いまのＡＶもカメラが変わっただけで同じ作り方なんじゃないでしょうかね」

思わぬところでブルーフィルムの制作手法を聞くことになった。

男の尻の振りが激しくなると、女の股のアップになった。ずっぽり男根が刺さっている様子にいきなり切り替わった。

「ここの切り替え、編集したわけじゃないんです。いまのカメラと違ってズームができないんですよ。三本ターレットといって三種類のレンズがついているんです。たとえば広角・標準・接写と切り替えられます。いまはいきなり標準から接写に変わったので、ガクンと変化したように見えたんです」

「ズームがない時代では撮影手法もだいぶ違っていたんでしょうね。今ならPCで一秒で出来ることが、いろいろ手間をかけなきゃならなかった」

佐々木は興味深そうだ。

男が遂に射精した。女の陰毛の上にドロドロの白粘液を出している。八十年近くも前の映像だろうが、フィニッシュの場面というのは古今東西すべて同じようだ。

これで終わりかと背筋を伸ばしたとき、いきなり画面が引いた。部屋全体が映る。もう一組のカップルはまだやっている。

そっちを狙っているという様子でもなく、なんとなく入ってしまったというふうだ。そっちの男の顔が映っている。黒ぶちメガネをかけた三十歳ぐらいの男だ。

「レンズを広角に変えたようですね。おや、あの顔？」

映写技師が前のめりになった。

「ちょっと止めていいですか」

「かまわんよ」

スクリーンの映像が静止した。老技師は白髪を掻《か》きむしりながら、スクリーンに寄って、男の顔を凝視した。

「これ藤林英三郎《えいざぶろう》じゃないですかね」

「藤林？」

現総理と同じ姓を聞き、思わず神野は立ち上がった。

「そうに違いないですよ。私の世代では有名な政治家だ」

「誰っすか、それ？」

後藤が聞いた。

「皆さんの世代では知らないと思いますが、六十年ぐらい前に防衛大臣、いや当時は防衛庁長官ですね。この大きな目と鷲鼻《わしばな》。日本人離れした顔は間違いないですよ。いまの藤林総理の祖父で、政治家です。私が小学生の頃です。今の総理が生まれる二年ぐらい前」

技師がスクリーンを見つめたまま言った。

現総理を輩出した藤林家が、代々政治家一家であることはつとに知られている。総理の父藤林準之助《じゅんのすけ》は昭和の終わり頃に外務大臣を務め、その後長男正尚に地盤を譲っていた。政界は引退したものの八十二歳で健在だ。

「当然この藤林英三郎はもうこの世にいないよな」

神野が言うと後藤がスマホで検索した。

「一九一三年生まれ。一九八五年に七十二歳で死亡とあります」

「この映像が撮影されたのが終戦直後の一九四五年頃と考えると……」

「後に外務大臣になる長男準之助は一九三九年生まれ。このとき六歳か七歳。息子がいたのに、何てことしてたんでしょうね。ちなみに現総理の正尚は一九六七年生まれなので、まだこの世にいませんが」

「仮にこの映像が撮影されたのが一九四五年か六年とすると、映っているのは三十二、三歳となるな……おい佐々木、藤林英三郎の若い日の映像を掻き集めろ」

こういうことは佐々木の方が早くて要領がいい。喧嘩となれば後藤だ。

待つこと三十秒。その間に映写技師はリールを巻き戻し、もう一度上映し始めた。

神野は総理の祖父藤林英三郎の疑いのある男の方を集中して見た。画面の端で尻が波打つのが見えるのだが、女はよく見るとアジア人ではなさそうだ。

　モノクロ映像なので白人とは断定できないが、身体の骨格がどうも欧米系なのだ。

　時々映る髪の毛も黒ではないようだ。

「ありました。一九五三年衆議院に四十歳で初当選。その時の写真がこれです」

　佐々木がスマホを掲げて、若き日の藤林英三郎の顔写真を見せてくれた。神野は映写技師にもう一度最後のうっかり広角レンズになった画面に進めてもらう。

　男の顔が映った。

「PCに取り込めたら顔認証にかけられますが、目を見る限り間違いないでしょう」

　佐々木が断定した。極道は相手の目をみて恫喝《どうかつ》するのが商売だ。目の表情には常に気を配っている。

「俺もそう思う」

　スクリーンと佐々木のスマホの写真を見比べながら神野も納得した。

「佐々木、英三郎はこの頃、何をやっていたんだ？　表情報だけじゃなく、裏まで検索しろ」

「へい」

佐々木のスマホにはダークウェブサイトからも拾える検索エンジンが内蔵されている。五秒後に佐々木が読み上げた。

「戦前に東京帝大を卒業した後は内務省に入省していますが、戦時中は上海の特務機関に所属しています。もちろん表の顔は貿易商です。戦後まもなく帰国しますが内務省には復帰せず。個人で政治活動を開始した、と。これは表の資料です。ですが、裏資料には銀座で闇物資の仲買人やぽん引きをして、のちに政界に打って出る財を築いたとも記述があります。英語と北京語の双方に精通していたので、GHQ幹部とも台頭してきた中国人商人とも渡り合えたようです」

「見えてきたな。まさに坂東の父親などもその『台頭してきた中国人』世代だ」

坂東はこのフィルムを遺産として持っていたのではないだろうか。

「坂東はこのフィルムをネタに孫である現政権を強請《ゆす》っていたんでしょうかね？」

後藤が神野の方を向いた。

「それで紅豹機関がそれを強奪しようとしたら筋が通ります。真美さんを何らかの形でハニートラップにかけてソープに落としたのは総理への警告のため。真美さんがそのことを隠していたため、あえて露見するように拉致した。どうでしょうか」

佐々木が付け加える。

「よくでき過ぎていて腑《ふ》に落ちない。総理の娘を拉致するほどの理由だとは思わない。総理や政権を恫喝するなら、いまさら祖父の醜態を暴くよりも娘の拉致だけで充分だろう。あべこべだ」

神野は眉間の皺《しわ》を揉んだ。

このフィルムの中にもっと大きな理由があるのではないか。もう一度スクリーンに視線を戻す。

「メインに映っている方の男は中国人ですかね？　それと藤林英三郎さんと思える男が抱いているのは外国人に間違いないですよね」

映写技師がぼそっと言った。

「中国人……？」

神野もひとりごつ。

――中国人、外国人……

胸底で呪文のように何度も唱えた。

閃《ひらめ》いた。

「ここにいる中国人が、後の中国共産党政権の要人ではないのか」

そういう唇が震えた。

「ありえますね」

佐々木と後藤が同時に膝を叩《たた》いた。

「もう一方のアングルから撮ったフィルムに、この男の顔が映っているんじゃないか？　中国が絶対に知られたくない人物とか」

「だとしたら、死に物狂いで奪取にきますね」

その佐々木の言葉など、もはや神野の耳にはいっていなかった。

――総理自身がこのことを知っているのではないか。

すべてが急展開しそうだった。

神野はスマホを取った。即座に銀座の自宅にいる黒井に連絡するが、セックス中なのか、なかなか出なかった。

「しょうがねぇ。おいっ、歌舞伎町へ戻るぞ」

神野は立ち上がった。

2

十月二十四日。午前九時。

「乳首をもっと強く噛《か》んでくれませんか」

青井あずさはソファの上で胸を大きくせり上げた。髪は乱れている。

間もなく街頭演説なので、着衣のままだが、黒のジャケットを開き、ブラウスのボタンもすべて外され、ブラジャーは上に押し上げられてしまっている。形のよい乳房があらわになり、その先端の乳首が下品なほどに膨らんでいる。

ここ一週間で乳首だけが急速に大きくなったような気がする。拉致され乳首イキなるものを経験してからは、クリトリス同様に、いつまでも触っていたいポイントになってしまった。

自分で触っても気持ちいい。のべつまくなし触っていたくなる。そして触るとやりたくなってしょうがなくなるのだ。

ちゃんとしたセックスは教え込まれると絶対中毒になる――あずさはそう思った。一般人はそこまでセックスを追求していないだけだ。

日常生活の合間にふと発情し、相手がいれば求め、いないときは自分の手でその発情を鎮火させてしまう。

そして醒《さ》めれば日常へと戻るのだ。

昇天してしまえばよいセックス、射精してしまえば醒めるセックス。それが普通のセックスだ。

発情は日常生活の中で、時々やってくる魔物のような存在だった。

ところがいまのあずさの脳内は八割がた、乳首を舐《な》められたい、クリトリスを押し潰されたい、膣壺《ちつつぼ》の中を太い肉棒で掻きまわされたいという欲望に占められている。つい十日前までは、あれほど世に知られる女になりたい。誰よりも有名になりたいと願っていたのに、そんな自己顕示欲はすっかり消えて、ただただいやらしいことをしていれば幸せだと思うようになった。

それもこの男でなければだめなのだ。

「ぎゅっとしてくださいっ」

あずさはもう一度ねだった。軽く息を吹きかけられただけでは、中途半端過ぎて気がくるってしまいそうだ。

——先っちょが痒《かゆ》くてしょうがない。

「すっかりマミの乳首調教に嵌《は》まってしまったようだな。俺自身はそんな趣味はないんだ。自分で摘《つ》まめよ」

「乳首を放置しないでくださいっ」

泣きたい気分だ。

「だから自分で摘まめよ」

大道寺公輔は薄ら笑いを浮かべながら、今度はあずさのタイトスカートを腰骨まで引き上げ、ナチュラルカラーのパンストに包まれたヒップを露《あら》わにした。

ブラウスのボタンをわざとゆっくり開け、ブラジャーの上からさんざん揉みしだいて期待させ、ブラカップを引き上げて突起した乳首を見たら、それでおしまいなんて、ひどすぎる。

「あぁ」

あずさはパンストとパンティを同時に脱がされながら、懸命に自分で乳首をつねった。麻痺《まひ》してしまっているので、相当強くつねらないとぐっと来ない体になっていた。

「今日の演説だがな、芸能界をコケにしまくれ」

生尻を剝《む》き出されながら、耳もとでそう囁《ささや》かれた。

「例えばどんなふうにコケにしたらいいんですか」

大道寺の手で下着を脱がされただけで、俄《にわ》かに女の渓谷が疼《うず》き、とろ蜜が気が遠くなるほど溢《あふ》れ出てくる。

二子玉川から拉致されたあの日、ジローという凄腕《すごうで》の男にライトの向こう側からさまざまな指示をしていたのが大道寺だった。

先に調教されていたマミという女が乳首を執拗《しつよう》に弄《いじ》り、あずさが知らなかった快感を開発してしまったのだ。

「先輩芸能人のパワハラの実態とか、テレビ局のプロデューサーのセクハラ、ひいては芸能プロの枕営業のことなんかも、全部話すんだ」

尻山や内腿《うちもも》のきわどいあたりを撫《な》でまわしてくる。

「ぁあ。そんなこと……」

もうまんこを触って欲しくてしょうがない。

「実名なんて言わなくてもいいんだ。大物芸人のSにすれ違いざまに『ホステス上がりのコメンテーターがしったかぶりしてんじゃねぇよ』と言われたとか、『あるキー局のバラエティ番組のプロデューサーは、アシスタントの女性タレントはやらせるのが当たり前だと思っている』とか、実話週刊誌みたいな言い方でいいんだ。特定しなければ名誉棄損にはならない。とにかくあちこちで物議の種になればいいんだ。いいか、あずさ、悪名は無名に勝るのさ」

言いながら大道寺はみずからシャツとズボンを脱いだ。トランクスも脱ぐとずんぐりとした男根が現れる。

肉の鯰《なまず》のような巨根を目にしただけで、あずさの発情のギアがさらに一段階あがった。

「しゃぶっていいですか。言われた通りに演説します」

「時間がない。口で出してくれ。唇を窄《すぼ》めて思い切り扱《しご》けよ。手は使うな」

大道寺が無造作にあずさの頭を摑《つか》む。五十を超えたばかりの野心満々の男だ。

「はい」

あずさは酷《ひど》いと思いながらも、大道寺の亀頭に唇を寄せ、咥《くわ》え込んだ。理不尽なことをさせられているという自覚はある。逃げ出そうと思えば、逃げ出せるだろう。

だが、大道寺に奉仕することがいまは無上の悦《よろこ》びとなっている。

支配される快感といえばいいのだろうか。それが自分の本性なのだと思う。

『マンハッタン・エージェンシー』の西尾にもあれこれ指示されているときが一番楽しかった。彼のいう通りに動いているといつしか有名になった。

抱いてくれればよかったのにと思う。

けれども西尾は芸能マネージャーの矜持《きょうじ》として、絶対に手を出してこなかった。マネージャーとタレントの関係としてそれが正義なのだと思うのだが、あずさは心のどこかで物足りなさを感じていたのは事実だ。

ただ西尾と一緒にいたときは気が付かなかっただけだ。有無を言わさず『俺の女になれ。そしたらとことん面倒を見る』と言った大道寺に身も心も惹《ひ》かれてしまったのは、そのほうが心に安堵《あんど》を覚えたからだ。

誰かにすべてを依存してしまいたい。そんな女だって大勢いるはずだ。

「うっ、はうっ。もっと唇をすぼめろよ。生ぬるい」

大道寺が手を伸ばしてきて、左の乳首を捻《ひね》り上げられた。

「あうぅううううう。いくっ」

その瞬間、あずさの唇は塞がった。乳首の気持ちよさに、応えるように激しく頭を振る。

右乳首は自分で摘まんだままだし、左を大道寺が責めてくれるのであずさのもう一方の手は、おのずと股間の秘裂に向かった。女芽と肉穴を同時に責めて、狂乱した。自分で乳首とおまんこを弄りながらフェラチオをする女なんて、傍《はた》から見たらとんでもなくスケベな女だろう。

けれどもこれが一番気持ちよいのだからしょうがない。大道寺にそういう本性をあぶりだされてしまったのだ。

大道寺はテレビで見たあずさを即座にドMの女だと見抜いたという。目の動き、唇の動かし方、隙のある歩き方、そんなあずさの一挙手一投足を観察し、落ちると見込んだのだそうだ。

恥ずかしすぎて、軍門に降《くだ》るしかないではないか。

せっせと頭を振り、唇を捲《めく》っていると大道寺の肉茎がいよいよ筋張ってきた。

「おぉおおおっ」

大道寺に頭をがっしり押さえられ、もっと早く動かされた。ボブルヘッドドールのようだ。

びゅっ、しぶいてきた。細切れになった精汁が断続的に飛んでくる。

「あぁあああっ」

気が付けばあずさは自分でも肉穴を掻きまわし絶頂を極めていた。咥えたまま果てる気分は最高だ。

放出を終えた大道寺が、ローテーブルの上に置いてあったスマホをちらりと眺める。

「藤林が解散を発表したそうだ。よしっ、街宣だ」

ネットニュースが衆院の解散を報じているようだった。扉の隙間から、妙な匂いと共に、煙が入ってきた。

「党首、火事じゃないでしょうね」

あずさは肉茎からようやく口を離し、党首室の扉を指さした。


午前九時三十分。

神野たちが乗る初代セドリックは調布から一気に新宿に戻っていた。後付けのテレビモニターに『藤林総理、本日衆院解散』のテロップが流れる。

「おっと、いきなり締め切りかよ」

こうなる前に真美を救出せねばならなかった。神野は歯嚙みした。

「でも、公示日までまだ一週間あります。選挙戦が展開される前に救出出来れば、総理も思い切った手が取れるのではないですか」

佐々木が解散情報を探るべく、スマホを忙《せわ》しなくタップしている。

こんなときスプリングが効きすぎてバウンドしまくる初代セドリックは、とてもスマホが見にくい。

「そうだよな。総理は中国との外交につかえる切り札があるのかも知れない」

まるで小説家が設定された締め切り日は土曜日だったので、休日があけた月曜日でもセーフだろうという屁理屈《へりくつ》に似ている。

「けど、すぐに総理が一体何を隠してるのか、総長に確認してもらわないといけない。急げ、事務所からオンラインで話す」

歌舞伎町の組事務所と銀座の総本部は完全にジャミングが効いている。オンラインでかなりきわどい相談をしても盗聴されることはない。

初代セドリックは花園《はなぞの》通りで爆音を鳴らし、対向車を驚かせながら先行車をどんどん追い抜いていった。まるでモナコの市街地を駆けるフォーミュラーカーのようだ。

前方に煙が見えた。三台先のスバルのＳＵＶ車が急停車し、後続の幌付きの二トントラックがそこに追突した。さらに最悪なことにその後ろの「わ」ナンバーの白のトヨタヴィッツがトラックに激突した。このレンタカーのヴィッツに乗っていたのは外国人観光客のようだ。腹の出た髭面《ひげづら》の男とヒジャブを被《かぶ》った女が降りてきて、両手を挙げて怒っている。ヴィッツのフロントは見事に潰れ、白旗を掲げるようにもくもくと煙を上げていた。

「めんどうくさいすっね。対向車をいったん止めちまいやしょう。後藤、ちょっと待っていろ」

助手席から佐々木が金属バットを持って飛び出した。

　中央車線を歩き、三台先のスバルのSUV車の前まで進むと、対向車に向かって『止まれっ』とバットを振り回して叫びはじめた。

　組内ではインテリとして通っている佐々木だが、極道であることに変わりはない。あえてワイシャツの袖を捲り、倶利伽羅紋々《くりからもんもん》を見せているのだから、一般人は慌てててブレーキを踏み停車した。見た目にはっきりヤクザとわかる男を撥《は》ね飛ばしていく勇気があるのは同業者ぐらいだ。

　案の定、先頭の灰色のセダン車が止まると、次々に後続車が停車した。

「よっしゃ」

　後藤が対向車線に飛び出し、玉突き状態の三台を追い越していく。

「なんだ、あの男？」

　後部席からサイドウインドウを覗いていた神野は首を傾げた。

　歩道で鉄パイプを持った男がオフィスビルのエントランスに向かって紫の煙をあげる発煙筒を投げていた。

　手には鉄パイプを持っている。そのふたつを持っていなければ、ネイビーブルーのブレザーにグレンチェックのパンツをはいた普通のサラリーマンだ。

「大道寺っ、おまえをぶっ殺してやる」

血走った眼をした男が、ビルのエントランスの階段に向かって何本もの発煙筒を投げ込んでいる。煙は階段を駆け上っていた。

煙で燻《いぶ》り出す気か、それとも全階のスプリンクラーを反応させてビルごと水浸しにする気か。極道が敵対する組の縄張りに嫌がらせをする手法だ。けたたましく非常ベルが鳴り消防もやってくる。

「死にやがれっ」

男は煙に巻かれ始めたエントランスの脇にある事務所の扉を金属バットで叩き始めていた。どんな業種の事務所が入っているかわからないが、神野の知る限り、このビルに同業者はいない。

「完全にいっちゃっていますね」

ステアリングを握る後藤が目を尖らせた。

「自爆テロ、だめ、だめ。私たち巻き込まれる」

クリーム色のヒジャブを被った女が髭面の男の腕を摑んで、ビルとは反対の方向へと逃げていく。テロを見慣れた国の人たちのようだ。

「ちょっと止まれ。いちおう神野組《うち》のシマウチだしな。治安維持ってやつだ」

男が気になった神野は、ルームミラーに向かって指を動かし、後藤に最初に急ブレーキを踏んだ車の前に停車するように言った。

「へいっ」

後藤はすぐに鉄パイプを持った男の背後に車を止めた。神野は飛び出し、男の肩を摑んだ。

「おいっ、おめぇ、どこのもんだっ」

「えっ」

男が口をあんぐりと開けた。その口から強烈なアルコール臭が漂ってくる。男の目の焦点は合わず、洟《はな》まで垂れていた。

借金に塗《まみ》れた男が自暴自棄になってこんな事件を引き起こす。

「こういうことは本職に任せろ。素人が町で暴れるんじゃねぇ」

神野は男の腹に拳を叩き込み、即座に一メートルほど横に飛び退《の》いた。

「ぐぇっ」

男が濁った液体を吐き出した。火を噴くマシンガンのような勢いだ。ゲロでなく炎ならばゴジラだ。そのまま目を見開いて前に倒れた。鉄パイプがごろごろと転がった。

危なく自慢の麻のスーツを汚されるところだったが、寸前で逃れた。

佐々木が駆け寄ってきて男の肩を抱く。

「警察《サツ》が来る前にこっちが連行だが、シートを汚されたくねぇからトランクに放り込め」

「へいっ」

後藤も飛んできて、男をセドリックのトランクに放り込んだ。バウンドしながら走るので、さらに吐きまくるだろうがしょうがない。

組事務所に到着してセドリックのトランクを開けると男はゲロまみれになっていた。

「景子、いかれた男を洗っておいてくれ。それと当番に車も洗うようにな」

神野はまずは組長室にはいり、オンラインで黒井に謎のフィルムについて報告した。黒井はすぐに官邸にアポをいれるそうだ。

一時間ぐらいして景子が扉を開けて言う。

「あんたぁ、酔っ払いの男、美穂《みほ》ちゃんがお風呂場でよく洗って、整えておきましたよ。正気に戻ってちょっとしゅんとしちゃってるみたいだって。応接室に入れておくからね。あっ、注射痕なんかはなかったみたい」

きっちり身体検査をしてくれたようだ。

「おぉっ」

神野は部屋着に着替え応接室に向かった。

もともとラブホテルだった建物を買い取って組事務所にしているので、やたら細かく部屋はあり応接室には回転ベッドまである。

男は二十平方メートルほどの部屋の豪華なソファに座っていた。パジャマを着せられぼんやりしている。

「おいっ、抜いてさっぱりしたか?」

「えっ、いや、あの……」

ダボシャツからはみ出した腕や胸からカラフルな刺青《いれずみ》をのぞかせている神野を前に、男はすっかりすくんでいる。

「てんぱっているときは、まず抜くことだ。美穂のテクはなかなかよかったろう。即尺で一回、マットで一回、ベッドで一回、都合三回射精したら、毒気もぬけるってもんだ」

美穂とは神野の情婦、景子のもとで働く風俗嬢だ。バスルーム付きの部屋で身体検査かたがた、ソーププレイのフルコースをしてやったのだ。

「はいっ、いや面目ないです」

「人生いろいろあるだろうが、うちのシマで無茶やってもらったら困るんだ。おめえ名前なんて言う？」

「西尾忠邦と言います」

「仕事は？」

「フリーアナウンサーやコメンテーターをマネジメントする会社の共同経営者です。『マンハッタン・エージェンシー』といいます」

まともな会社だ。

「で、なんで自棄《やけ》になった？」

「いや、その」

「やっぱりヤクザには話したくねぇか。でもな、袖振りあうも多生の縁っていうじゃないか。あんな真似《まね》は本職にまかせりゃいいんだ。あんたが頭にきたを訳を聞かせてくれないか」

神野は持参のポーチから葉巻を取り出し、一服つけた。

紫煙が舞い上がる中、西尾は覚悟を決めたように話しだした。

「だいじにだいじに育て上げたコメンテーターを『大空の党』という政治団体にとられました。一種のマインドコントロールにかけられてしまったようです」

「ほう、大空の党ねぇ。あの何でも目立てばいいっていう政党ビジネスみたいなことをやっている連中かい」

「そうです」

そこから西尾は、まさに毒をすべて吐き出すように喋りはじめた。娘が人さらいにあったようなものだ。神野には、真実を話しているように思えた。

こうした問題が起こるのも、極道が堂々と町の治安を維持できなくなったことが遠因であるような気がした。

「その恨み、俺が買ってやる」

神野は自分たちも政治結社を作る決心をした。全国の与党極道に声をかけ、この際政党をたちあげるのがいい。

ところで涼子はまだ同じポイントに潜っているだろうか？

GPSはずっと河口湖の近くの林で点滅しているままだ。

3

十月二十四日。午前十一時。

山荘。

「千代田中央美術館にリック・サイモンという男がやってきたのは半年前のことです。三十歳の英国人貿易商だと言っていましたが、実はロシア人でした。本名はミハイル・ポロンスキー。すっかりやられてしまいましたね」

藤林真美は訥々《とつとつ》と語り始めた。おっとりした口調だ。これはソープでも受けたに違いない。

「それでナンパされたのね」

涼子は額に手を当てながら確認した。

「ナンパという感じではなかったんです。チャールズ・コートニー・カランというアメリカの印象派画家の作品の複製を熱心にみていたので、私の方から声をかけたんです。私も気に入っている画家でしたから。米国人なのに英国的な画風なんです」

それが上手なナンパというものだ。

事前に真美の趣味を知って接近してきたのだ。諜報機関ならば、いくらでも彼女の個人情報を収集できたはずだ。

涼子は拉致されアルファードの中で寸止め調教を受けた後、林の中の山荘に連行された。

途中、シゲルに挿入されながら微かに見たフロントガラスの向こうに観光案内の看板が見えた。それによるとどうやら山荘は富士五湖の近くのようだった。

窓のない部屋に閉じこめられた。同じ部屋にいたのが真美だった。それだけで拉致された甲斐《かい》があった。と同時に間もなく殺されるのだろうと悟った。そうでなければ、重要な人質と会わせるはずがない。

この計画の首謀者は決してクールではない。むしろ激情家だ。涼子を日本の諜報員だと知り、とことん悔しがらせて殺したいのだ。

そのためには答えを教えてやったほうがよいということだろう。

総理の娘の居場所を知り、攫《さら》われた経緯も聞かされたのに、救出することがかなわず、殺されてしまう。

どうだ悔しいだろう。と言いたいわけだ。

その傲慢さが命取りになることを知らない。涼子は拉致された瞬間から徹底的に弱い女を演じているのだ。

ここぞという場面で逆襲してやる。

「それでサイモンとは絵画談義のデートを重ねたってわけ」

「そうなんです。リックはとても振る舞いが優雅で、絵画の知識も学芸員の私以上にありました。口に出さないだけで、家は貴族なのだと思い込みました」

「で、やっちゃったってわけ」

聞くと真美は顔を赤くした。

「はい。身体《からだ》の相性もよかったです」

「どんなふうに?」

あえて突っ込んでやる。総理の娘の性癖を知る機会はめったにない。

「私、男の身体を舐めまわすのが好きなんです。リックは逆に舐められるのが大好きで、特に乳首舐めと手扱きの合わせ技には、ひとたまりもないというか」

真美は嬉々《きき》として言ったが、そいつはただのマグロ男だ。

「嵌められたと気付いたのは?　いやセックスではなく、総理の娘として」

話を飛ばした。

「撮影をされていると気付いたときです。都内ではひと目があるので、最初は横浜や横須賀《よこすか》のホテルによく行って、しばらくするとふたりでよくこの別荘に来ていました。ここはリックの別荘だと聞かされていました。だから他に人なんかいるはずがないと。でもどうもやっている最中に何処《どこ》かで音がするんです」

と真美が天井や壁を指さした。

「あちこちに隠しカメラが据えられていたと？」

「そういうことです。リックが寝ている間に、耳を澄まし、微かに音のする方の壁をいきなり蹴ってやったら、簡単に穴が開きました。中にカメラを据える三脚が見えたんです」

部屋と部屋の間に隠し部屋までつくってプロユースのカメラを設置していたわけだ。どこかでリモート操作していたのだろう。

「それで脅されたわけ？」

「そうです。でもリックの要求は金銭だけだったので、政治がらみだと思いませんでした。リックはロンドンでアンティークコインと絵画への投資ビジネスで、かなり稼いでいたのですが、コロナ禍の三年の間に取引が停滞し利益の確定が出来ず、莫大《ばくだい》な借金だけを残していたと打ち明けてきました。なんとか債権者から逃れるために日本に来て、捲土重来《けんどちょうらい》の策を計っていたところ、私に出会ったのだと」

「真美さん、それでソープで働くことにしたのは、短絡的じゃない？　それロマンス詐欺の典型的な手口よ」

僅かだが涼子の方が年長だ。多少、説教もしたくなる。

「涼子さんの言いたいことはわかります。バカな女だと思うでしょう。でも、結婚する前に、羽目を外してみたかったんですよ。リックに貢ぐというのは半分口実。お金だけなら、私の貯金でどうにかなったかもしれないです。要するにいっぱいセックスをしてみたかったんです。私、ロンドンに留学中もお金で身体を売っていたんですよ。お金はどうでもよかったんですが、娼婦のほうが匿名性が保たれるんです。もっともその頃は、まだ『総理の娘』ではなかったので気が楽だったんですが」

どんな環境に育とうが女は男とやりたくなる。この点で涼子は花石尚子の持論に同意する。

――オナニーをしない尼僧も女首相もいない。

たぶんそうだ。

真美に吉原の『ホットポイント』を勧めたのは、案の定、花石尚子だった。

「リックは『フラワーコネクション』でパーティホストのバイトをしていたんです。もっともそれも計算された嘘《うそ》だったわけですが」

真美は肩を落とした。

「まんまと策略に落ちたわね」

尚子は真美が『総理の娘』だとは一切気づいていないふりをしていたという。それが真美の心のガードが甘くしていたわけだ。

実にうまい戦略だ。

尚子は男狂いで金に困った女たちを、吉原に斡旋《あっせん》し手数料も取っていたらしい。『ホットポイント』だけでなく五店舗ぐらいに振り分けていたようだ。もちろん店に真美の素性は明かしていない。知られたら、他にも利用しようとするヤカラが現れるからだ。

「はじめから私が藤林正尚の長女だと知っていたなんて、驚きですよ」

真美は肩を落としたが、もっと人を見る目を養っておくべきだったろう。

そんなわけで藤林真美は紅豹機関の仕掛けた用意周到な罠に嵌まったということになる。この別荘に連れてこられてからは、二日にわたり四六時中AV男優の仏屋次郎の性感マッサージを受け、すっかり虜になったという。

あらたに拉致された女をふたりで調教したともいう。

「どんな女？」

「テレビに出ているコメンテーターですよ。青井あずさ。私以上にセックス中毒にされたと思います。翌日またどこかに連行されていきましたが。次郎さんも翌日から姿を消したままです」

青井あずさとはいきなり『大空の党』を支持すると言い出したコメンテーターだ。いずれせよ真美はこの別荘に連れてこられて以来、一切報道に触れていないようだ。

「首謀者の顔は見た？」

「いいえ。声だけしか聞いていません。ジローや花石尚子に指示する声だけで、姿は見せませんでした。でもその人が首謀者かどうかもわかりません」

「なるほど」

帰すつもりのある真美に、姿をさらすような真似はしていないということだ。

「ところで真美さん、あなたのメルセデスのドライブレコーダーに何度か山下ふ頭の倉庫前に行っている様子が映っていたけど、あれは何か特別な用があったのかしら」

当初から気になっていたことを訊いた。

「はい、よく山下ふ頭に行かされました。アンティークコインの密輸品の受け取りです。在日華僑系の貿易会社が輸入した中国製の音響製品とか家電の中にアンティークコインを忍ばせ、倉庫に入ったところで私が受け取りました。たいがいは電化製品についているコイン型電池に見せかけて封入されているんです。途中検問にかかっても、藤林正尚の娘なら荷物を検《あらた》められないだろうということです」

日本ではアンティークコインの存在はあまり知られていないが、欧米では古くから投資目的で売買されている。一枚数千万円のコインも多いが、その相場が世間に知らされることはない。

「日本の闇マーケットで捌《さば》くのね」

「そういうことだと思います。倉庫には常に中国人がいました」

読めてきた。やはり紅豹機関だ。そうした手法も使って資金捻出を図っていたわけだ。早く神野に報告せねばなるまい。

さてと、これからどうするか？

涼子はここから脱出する算段をした。真美は残しておいてもすぐに殺されることはない。殺したら最後、強請《ゆすり》のカードを失うからだ。

先に自分が脱出して、神野組を引き連れてくるのが正解だろう。まずは体力温存のために眠ることにした。

午後五時。

扉が開いた。

ＧＩカットのシゲルとスキンヘッドのヒロシが入ってきた。ふたりとも灰色のジャージを着ていた。この別荘に連れて来られた後も、このふたりにはさんざん挿入されたものだ。

どちらも巨根なので、いまだに股間が痛い。下着は剝ぎ取られたままだ。真美の方は丁重に扱われているようで、真新しいワンピースを与えられている。

——こいつらいまにキンタマを潰してやる。

顔を見ているだけでも腸《はらわた》が煮えくり返ってきた。

「スパイの方だけ連れていく」

シゲルが言う。

「またやるの？」

涼子はうんざりした顔で答えた。

「ドライブに行くのさ」

ヒロシが亀頭のような形をした頭を撫でながら笑う。

いよいよ死刑を執行する気のようだ。

「そう。車でやる気ね」

涼子は笑った。

「秋川さん……」

「平気よ、真美さん。私はここに戻ってくるわ。待っていてね」

いうなりふたりの男に腕を取られ、連行された。

林の中の別荘の前で、ふたたび黒のアルファードに乗せられた。後ろ手にされ、結束バンドで縛られた。

あたりには夕闇が迫っていた。気温はかなり低い。

今度はシゲルが運転して、ヒロシが後部席で涼子のスカートを捲ってくる。下着は取られたままなので、すぐに陰毛が見えた。その真下に指を忍ばせてくる。恥ずかしながら濡れている。

「何度も昇天して、くたくたになるこった」

くちゅっ、くちゅっ、と秘穴を弄る音が響いた。

「んんっ、どこへ連れていくつもりなの？」

「樹海さ。そこでぐっすり眠ってもらう。埋めたりするのは、もう面倒だからな」

ヒロシが唇を寄せてきた。

青木ヶ原樹海に放置されるということだ。睡眠剤を飲まされて眠らされたまま置き去りにされたら、誰にも発見されずに白骨に出来ると思っている。

――バカね。

涼子はヒロシと舌を絡み合わせながら胸底で笑った。奥歯に仕込んであるＧＰＳが、発信し続けているはずだ。もう片方の奥歯を噛むと、救出依頼の電波が出ることになっている。いまはイアン・フレミングがジェームズ・ボンドを書いた頃よりもはるかに進んでいる。

「ヒロシ、どうせならキメてやれよ。そのほうがイキっぱなしになって、後は泥のように眠ることになる。楽勝だぜ」

運転席のシゲルが口笛を吹きながら言っている。

「そいつはいい考えだ」

ヒロシがコンソールボックスを開けてポシェットを取り出した。中に注射器《ポンプ》が入っていた。

「ミンザイを打ってやるつもりだったが、先にこいつだ」

ヒロシは尻ポケットから白い粉の入ったパケを抜き出し、ペットボトルの蓋を使って水に溶かした。それをポンプで吸い込む。

縛られたままの腕の静脈に、すっと冷たい液体が入ってくる。

「いやっ」

さすがに覚醒剤を打たれたのは初めてだった。どう覚醒するのか想像できない。

涼子は唇を嚙んだ。

「正気でやるより百倍感じるぜ。いい冥途の土産になる」

ポンプをしまったヒロシがジャージの下を脱いだ。ノーパンだった。すでに男根は天狗《てんぐ》の鼻のようにそそり立っていた。

「股を開けよ」

「いやよ」

強姦《ごうかん》なら強姦らしく自分の手で相手の股をこじ開けろよ、と腹が立った。

「ちっ」

ヒロシが顔を歪《ゆが》め、涼子の両脚を大きく広げ、女の泥濘《ぬかるみ》に亀頭を差し込んできた。

「んんんっ」

愛撫《あいぶ》もなしに挿入された。

それでも気持ちがいいのはなんだ？

「どうだ。キメセクは格段に違うだろう」

「ああっ、あっ、擦らないで。すぐにイキそう」

シャブのせいとは言え、膣袋の中の感触がこれまでとはまったく違った。いや正確にいうならば、膣袋が敏感になっているのではなく、脳の快楽神経が百倍になっているのだ。

「今朝より締まるじゃんか」

ヒロシが巨根の鰓の角度を変えながらピストンしてきた。ずいずいと無遠慮に動かしてくる。

なんとも乱暴な抽送で、普通なら嫌悪を覚えるはずなのに、どういうわけかみずからもその味を確かめるように、膣壺を収縮させた。

「ヒロシ、そんなにいいのかよ」

ステアリングを握りながら、シゲルが羨ましそうな声を上げた。

「いい。この女、キマったら全然反応が違う。出したらすぐに替わってやるさ。おまえも自分で確かめろよ」

ヒロシがバストにも手を伸ばしてきた。服の上から揉まれただけで、乳暈《にゅううん》がざわめき、乳首がビンビンに勃起するのがわかった。

全身が性感帯になってしまったようだ。

アルファードは青木ヶ原に入った。まだいくらか陽《ひ》は残っているはずだが、鬱蒼《うっそう》とする森の中はほとんど暗闇だ。

アルファードは道なき道を奥の方へ入っていく。ナビゲーションのある車ならば、その指示に従えば、訳なく出られるだろうが、ここでひとり降ろされたら方向感覚を失い、力尽きてしまうだろう。それが樹海の怖さだ。

ヒロシは樹海の中に入ったと気づきフルスロットルで腰を送り込んできた。膣の感度が異常なまでに高まっていく。

「あぁあああああっ、いいっ、いくっ」

涼子は巨根に翻弄され絶頂を見た。

「おぉおおおおっ。出るっ。どばっと出るっ」

ヒロシも腰を躍らせながら狂喜の声を上げた。

「おいっ、下ろす前に俺も入れたいぜ」

アルファードを停車させると、運転席からいったんおりたシゲルが後方のスライドドアを開けた。

ヒロシの方は射精直後でぐったりしていた。陰茎を出したままだ。

脱出するならいまだ、と思った。

ステップに足を乗せた瞬間のシゲルの股間を蹴った。裸足《はだし》の爪先がみごとに睾丸を蹴り上げていた。

「ぐえっ」

シゲルがもんどりうって、硬い土の上に落ちていく。股間を抑えてのたうち回っていた。いてぇ、いてぇと呻《うめ》いていた。

「おめぇ、何しやがる」

ヒロシがつるつるの頭で、涼子の顎に頭突きを見舞ってきた。寸前で躱《かわ》す。シャブを打たれたせいで、反射神経も研ぎすまされていた。

「そっちこそ、よくもやってくれたわねぇ。私に入れた以上、生かしちゃおけないね」

涼子はヒロシの生睾丸に拳を撃ち込んだ。茹《ゆ》で卵を潰したような感触だった。

「ぐっぇえええええええっ」

ヒロシがのけ反る。その右頬に肘打ちをくらわしてやる。今度は頬骨が折れた感触があった。これもシャブのせいか、こちらは何の痛みも感じない。

「樹海を彷徨《さまよ》うのはそっちだよ」

座席の下で蹲《うずくま》るヒロシの生尻を何度も蹴り上げ、車外に押しだした。涼子も飛び降りた。

止《とど》めとばかりに、ふたりの腹や睾丸をめった蹴りにする。怒りに任せて蹴った。

天を仰ぎ口を開け、嘔吐《おうと》しつづけるふたりをしり目に、涼子はアルファードの運転席に回った。

ナビを新宿にセットし、発車した。

狼狽《うろた》えて車に向かって手を伸ばしているふたりの姿がサイドミラーに映っていた。

樹海の藻屑《もくず》となるのだろう。

じきに大通りが見えてきた。裸足でアクセルをつよく踏み、涼子はノーパンのまま中央高速の入り口を目指した。

第六章　極道たちのララバイ

1

十月二十五日。午後七時。

総理公邸。

総理の私的な書斎だ。三十平方メートルほどの部屋の四方は書棚に囲まれている。窓際の大きなデスクには官邸執務室と同じサイズの木製デスクが置かれているが、執務室のデスクほどいかめしくない。脚が細く優美な曲線を描いたマホガニーのデスクだ。ライトグリーンのカバーの付いたピアノライトの下に、総理が読みかけているらしい単行本が開かれたまま置かれていた。

元総理の暗殺を題材にした小説だった。もちろんフィクションである。デスクの前には幾何学模様のペルシャ絨毯《じゅうたん》が敷かれ、その上にやはりマホガニーの応接セットがしつらえられていた。私邸から運び込んだものだという。

内調の部長、内海が緊急アポを取り、神野は黒井と共に公邸を訪れていた。

神野がフィルムについて尋ねた。

一番いやな役を内海と黒井から言い渡されたのだ。

聞き終えると総理の頬がヒクついた。

「やはりそこに因縁があったか。藤林家三代の秘密だったのだが」

現総理は書斎の天井を見上げた。

その座を追われたら即座にでなければならない総理公邸は、いわば仮の住まいとして利用する総理が多い。

いわく莫大《ばくだい》な国費で運用されている記念館的な邸《やしき》なので、住まないほうが無駄遣いと非難を浴びることもあるからだ。

所詮は仮住まいなので生活道具を私邸から多く運び込む総理一家は少ない。公邸内にある設備と、当座の衣類を持ち込んでいることがほとんどだ。

だが藤林の書斎の棚にはびっしりと本が並んでいる。優に千冊はあるだろう。最初、神野はインテリアとしての書籍なのではないか、と疑ったほどだ。

総理がその書棚に進む。

フレデリック・フォーサイス、イアン・フレミング、ジェフリー・アーチャー、アガサ・クリスティなどの英国人作家の翻訳本が並んでいる一角に手を伸ばした。

総理の読書癖がうかがえる。

いずれもいかにも英国作家らしいスノッブな作品群だ。実は極道のくせに黒井もその辺の作品を好んで読んでいるので、神野も何冊かおさがりを貰《もら》った。一方で黒井はレイモンド・チャンドラーの熱烈なファンであり、そっちもよく貰って読んだ。

神野としてはボンドやポアロよりもフィリップ・マーロウが気に入っている。

そんなことはどうでもよかった。総理はフレデリック・フォーサイスの『ハイディング・プレイス』というタイトルの単行本を一冊引き抜いた。

「ここに隠してあってね」

と総理が扉を開く。中の紙がくり貫《ぬ》かれていてリールから外された十六ミリフィルムの束が一本埋められていた。

「総理、そのタイトル、判《わか》りやす過ぎませんか？」

すかさず内調の内海が指摘した。神野も同感だった。

「いや、どの本だったかわからなくなるから、これがいいと父が決めたんだ。父が外相の頃に刊行された本でね」

「一九八四年に日本向けに刊行された作品ですね。情報機関の者の視点で見ると、フォーサイスの他の作品に比べると著しく見劣りする作品かと」

内海がきっぱりとそう言った。

「父も私も同感で、だから中をくり貫いてしまった。単純にタイトルどおりの物品として活用したわけだ」

藤林がフィルムを差し出してきた。

「四十年前に一度見たが反吐《へど》が出そうな内容だ」

「さようでしょうな。我々だけで拝見させていただき、見終えたらお話を伺うということでよろしいでしょうか」

内海が受け取りながらいう。

「そうしてくれたまえ。私は見たくなんかないよ」

総理が書斎机に戻り、読みかけの本に目を落とした。

内海が黒井と神野に目配せした。

「別室に映写機を用意しております。誰も入れておりませんし、警視庁の秋川君がただいま二重のジャミングを施しています」

三人はフィルムを手に公邸の奥にある地下室へ向かった。旧官邸であったこの公邸にはさまざまな歴史遺産があるが、この地下室も、戦時中さまざまな謀議が繰り広げられた部屋ではないか。

「映写機の準備は出来ています」

黒のパンツスーツ姿の秋川涼子が、背の高い台に載せた十六ミリフィルム映写機エルモ16ＡＡの横に白い手袋を付けて立っていた。

黒のスーツに白い手袋をつけているせいか葬儀場の案内係のようだ。

昨日、車を一台かっぱらって自力で組事務所に戻ってきたが、裸足《はだし》でノーパンだったのには面食らった。相当な修羅場だったと推測できるので、あえて聞かなかった。総理の娘は健在で、涼子のＧＰＳのおかげで河口湖から近い別荘に軟禁されているということもわかった。いまはその周辺を央道連合の特攻隊に見張らせている。

総理の娘が運び出されるようなことがあれば、奴《やつ》らがリレーで追尾する。

「これを映写してくれ」

内海がフィルムを渡した。涼子がリールに巻き、セットした。

「では回します」

灯《あか》りが消え、正面のスクリーンにモノクロ映像が映った。

女が巨根を咥《くわ》えている映像だった。調布で見たのとは違うアングル。女が背中を見せて、立っている男の姿がはっきり映っている。

「あれは？」

内海が声を上げた。

「中国共産党情報部紅豹機関の創設者、馬温雷《マーオンライ》の若いころの顔にそっくりですね」

黒井が告げた。

「後に中央政治局で序列五位まで出世しているが、表舞台での発言はまったくなかった男だ。逆にわれわれ情報界に生きる者にとっては、政権を裏から動かす黒幕としても知られ、一九七二年の日中国交回復の際の北京サイドの舞台回し役としても知られている」

内海が声を震わせた。

「まじ、馬並みに大きいですね」

と涼子がぼそっと言った。

――そこじゃねぇ。

馬がフェラチオをさせている手前で、藤林英三郎が白人の女にせっせと抽送していた。その反対側を向いていた女が、口を大きく開けて、いきなりこちらを向いた。

「あの女性は、米軍の諜報《ちょうほう》関係者ですかね？」

黒井が内海に聞いている。

「いや、あれはフォクシー・ガーナソンだ。間違いない。俺は大先輩たちが残した諜報秘録のマイクロフィルムであの顔を何度も見ている。コードネームはシベリア。当時のソビエト連邦の諜報員。白系ロシアの出身でソビエト政府からは睨《にら》まれて満州へ逃亡したことになっているが、それは真っ赤な嘘《うそ》で旧ＫＧＢの諜報員だ。毛皮商人として戦前から日本の貿易商に食い込み、商業の観点から日本の国力を見極める役をしていたと言われている。戦後は英国人記者になりすまして、米軍将校に接触していたという記録もサイロには残っている。得体の知れない女だよ」

内海は興奮しているのかかなり早口になっている。

四人の男女は、今度は相手を換えてもつれ合い始めた。日中露４Ｐ乱交だ。

「三人とも、お金を稼ぐためにこんなバイトをしていたわけ？」

涼子が聞いた。

神野も気になった。

「推測だが、金のために出演していたのは馬温雷だけだと思う」

内海が断言した。

「藤林英三郎氏はもともと内務省で諜報活動をしていた方だ。戦前、戦中は上海の特務機関で活動していたのだから、帰国後、退庁したと言ってもそれは方便で、市井の一政治活動家という体裁で諜報活動をしていたと見るべきでしょう。そしてフォクシーはKGB諜報員だ。米軍事情の内偵の一環として女優に志願したということですか」

黒井が確認した。

「そういうことだ」

内海が首肯する。

「馬は当時、日本にいたのですか」

神野が訊いた。

「このフィルムが撮られたのが仮に一九四六年頃だとすると、まだ中華人民共和国は成立していない。馬は共産主義者として日本国内に潜伏していたが、当時の中国とは共産党のライバル国民党が政権を握る中華民国だ。資金に乏しかったため華僑《かきょう》である坂東の父親の誘いに乗って、高額収入を得たいがために引き受けたのだろう。所詮は日本でのことだ。共産党政権が樹立して北京に帰ってしまえば、旅の恥はかき捨てとなる。事実、一九四九年に中華人民共和国が成立すると、以後二十三年間、日本と中国は国交がない状態になる」

今度は黒井が答えてくれた。日本は西側の一員として台湾に拠点を移した中華民国を中国の正統としたからだ。

この辺のことは、歌舞伎町の台湾ビジネスマンたちとの交流で、神野もよく知っている。歌舞伎町で成功した『中国人』のルーツはほとんどが台湾国籍だからだ。

「後の馬の立場を考えると、このフィルムの存在はまずいですね」

神野は嘆息した。

「紅豹機関としては創設者の威厳を損ねるものとなる。逆に藤林家はこのフィルムを持つことによって一九七二年の国交樹立以来、中国利権の先頭に立つことが出来た。藤林正尚総理が保守本流でありながら中国からの牽制《けんせい》が少ないのもそのためだろう。そして坂東の父もきちんとこのフィルムを押さえていた。中台の双方に顔がきいたのは、このフィルムの存在があったからではないか」

黒井が補足した。

これで事件の全貌が見えてきた。

紅豹機関は娘を人質に取って、このフィルムの奪還を企てようというのだ。

フィルムの中で、今度は馬がフォクシーをバックから挿入した。英三郎は、日本人と思える女と床《ゆか》の上で正常位でやっていた。

英三郎が女の耳もとで何かささやいている。女も英三郎の耳を噛むふりをして、何かを伝えている。サイレントムービーなので声は聞こえない。

「あのふたり、中国語で囁き合っているようですが」

突如、涼子が言った。読唇術《リップリーディング》の心得があるうえに、北京語を解せるようだ。警護対象の傍らにいながら、離れた位置にいるテロリストの会話を読もうとするSPならではの特技だ。

「なんといっている？」

すかさず内海が涼子を見た。

「英三郎氏が、M資金はどこにある？　と聞いています。女の方が南都留郡《みなみつる》の山林の中といっていますね。この女も中国人でしょう。ナチュラルな口の動きですよ」

「ひょっとして、姐《ねえ》さんが監禁されていた場所かよ」

神野は声を上げた。

「M資金って、戦後何度も詐欺事件に登場するGHQのマーカット資金のことですか？」

神野は聞き返した。旧日本軍が隠匿した金塊を当時のGHQのマーカット少将が没収、戦後復興の資金としたという根拠のない話だ。

「いえ、この場合、Mは毛沢東《もうたくとう》のMと見るべきではないでしょうか。そういうリップの動きなのです。エムというよりマオ資金と読めます」

涼子が唇を真似《まね》ながら言った。

「ビンゴだな。それが正解だ。当時の八路軍《はちろぐん》の日本における隠し資金だ。国民党との抗争に備えて日本にも資金を隠していたとされる」

内海がパンと手を叩《たた》いた。

藤林英三郎は、それを見つけ出したのではないか。そしてのちの政治活動資金にした。辻褄《つじつま》が合う。だが全額を手に入れたわけではなかった。そいつがいまも山梨県南都留郡の山林の中にある。

「間違いなく、私や真美さんが監禁されていた別荘がそうなんだわ。あそこが紅豹機関の日本の拠点」

涼子が一気に言った。

「そして、いまその手下になっているのが『大空の党』。彼らの潤沢な活動資金は、紅豹機関から出ているということだ」

今度は神野が断じた。

「その筋読みで間違いないだろう。闇社会をある程度支配した紅豹機関は政界に手を突っ込もうとしている。泡沫政党の中から最も過激な一団を見つけ、それを支援している。そして坂東がこのフィルムの一部を持っていたことに気づく」

黒井が笑う。

「坂東は米国に逃げた。逃げる際にこのフィルムを持って出たと思い込み、粛清命令をだした。だから堂々と日本国内でマシンガンを使ってきたのですね」

神野は黒井の方を向いて言った。

スクリーンの映像がちょうど真っ白になった。エンドマークまできちんとついていた。藤林英三郎が、女の顔に射精して終わっていた。

四人は総理の書斎に戻った。

「私が標的になるしかないようだ」

藤林正尚がスマホを見ながら嘆息した。

「総理、どうなさいましたか？」

内海がデスクに駆け寄った。

「真美のスマホから、いまこんなメールが届いたよ」

藤林がデスクの上にスマホを置いた。

四人が総理の背後に回り、液晶画面を覗《のぞ》き込んだ。

【お父さん、十月三十日の午後六時に新橋《しんばし》駅前で街宣をしてください。その際、フィルムをポケットに入れて演説をして欲しいそうです。そのフィルムと私が交換になるそうです。お父さんの演説中に大空の党の街宣車が接近します。けっして排除しないでください。その中に私がいます。大空の党の街宣車では青井あずささんが政権を批判しますが、お父さんはエールを送ってください。青井さんの街宣車とすれ違ったら握手をしてください。その時フィルムを握らせてください。私は車から降ろされます。そちらのＳＰの秋川さんに保護するように命じてください。それで終わりです。いま私は元気ですが、周りにいる人たちは怖いです。真美。自分で書いています】

そう文面にあり、本日の新聞を持った写真が添えられていた。

衆議院選の公示は十一月一日なのでまだ選挙演説は出来ない。政党による政策演説となる。

「大空の党を公党のように扱えということだ。泡沫政党を、与党民自党と並べてクローズアップさせるという作戦でもあるな」

黒井が顔をしかめた。

「幹事長には内緒にして現場でいきなりやるしかないな」

「これほど早い時期に、演説の場所と時間を紅豹機関に教えたら、暗殺の標的にされることもあり得ますよ」

涼子が言う。日本では二年前に元首相が暗殺され、アメリカではこの七月に前大統領が辛うじて掠《かす》めただけで終わったが狙撃された。

「覚悟の上だよ。娘の命と引き換えなら父親としても役目を果たせる。娘が無事に戻ったら私は退陣するよ。隠居するさ」

藤林は屈託のない笑顔を見せた。

2

十月三十日。午後五時四十五分。

神野のスマホに民自党の街宣車は、予定通り新橋駅烏森口《からすもりぐち》に向かっているという連絡が入った。

警視庁警備部の私服刑事が周辺のビルにも散らばっていた。私服と言っても全員黒のスーツでインカムを付けているので、誰の目にもSPとわかる。そうでなければヤクザだ。

「相手は工作機関だぜ。あれじゃ、こっちの動きを知らせているようなもんだ」

神野は日の暮れかかったＳＬ広場にたたずみながら、涼子にそう伝えた。

「ＳＰは威嚇警備が主体だからしょうがないのよ。その裏側を埋めてくれるのが関東舞闘会でしょ。そっちはどこに隠れているのよ」

あっけらかんとそう返された。

「最高機密だ」

組員三十名と友好団体から二十名の精鋭を借りている。計五十名が付近のビルや群衆に紛れてテロリストの動きを見張っている。

いまのところ不審者を発見した報告はない。

一方で山梨県南都留郡の山中にある別荘の周囲には半グレ集団の央道連合の特攻隊二十名がバイクに跨《またが》り監視していた。

今朝がた早く一台のセダンがやってきて藤林真美を乗せて出たという。二台のバイクがこれを追跡した。

セダンは西新宿の大空の党の本部があるビルまで真美を運んでいた。そして一時間前、そのビルの前に、泡沫政党にしてはやたら大きい街宣車が到着し、大道寺公輔や立候補予定者青井あずさが乗り込んだそうだ。

そのほかにも大勢のスタッフが乗り込んだため真美の姿は確認できなかった。おそらくスタッフに囲まれて乗り込んだものと思われる。

その後、別荘には数台の車がバラバラに到着したとのことだ。紅豹機関の幹部たちが集合しているに違いない。

「フィルムを受け取ったら、顔ばれしたスタッフは北京に戻されるんだろう」

「そうね」

そして二年ぐらい再訓練を受け、日本人として世界のどこかに派遣される。もちろんスパイとしてだ。中国人なら警戒されるような都市でも日本人なら堂々と動けるというものだ。

神野は空を見上げた。

マスコミのヘリが数機飛んできた。総理の遊説取材だろう。SL広場にもぽちぽち動員された聴衆が集まってきた。

「来たぜ」

大型バスのルーフに演台を載せた民自党の街宣車『ニッポン号』が柳通りに入ってきた。

ラウドスピーカーから『民自党でございます。本日、新橋駅前で時局報告をさせていただきます』という声が流れてきた。

まだ総理がスピーチするとは言っていない。民自党記者クラブには伝達してあるが事前報道はしないという協定を結んでいる。テロ対策だ。

街宣車は蒸気機関車C11形292の真後ろに付けられた。蒸気機関車の存在が聴衆との適度な距離を作ってくれている。演説しやすい場所だ。

「あっちも来たわよ」

民自党車に続いて、大空の党の何本もの幟《のぼり》を掲げた街宣車が入ってきた。

「このたび大空の党の副党首に就任しました青井あずさでございます。政治の真実《しんじつ》を語りに来ました」

青井あずさの声だ。真美《まみ》と真実《しんじつ》をかけている。

二台の街宣車がSL広場を見下ろすように並んだ。民自党に動員された聴衆は首を傾《かし》げ、他党の街宣活動の妨害や付きまといで悪名高い大空の党と政権与党の街宣車が並んでいる異様な光景に、会社帰りのサラリーマンたちは足を止めた。

総理の登場はまだだ。新橋界隈《かいわい》を地盤とする衆議院議員が語りかけている。

「なら、俺は街宣車に乗る。インカムは目立たないようにな」

「平気です。音楽を聴いている風にしているから」

神野は民自党街宣車に向かって走った。私設警護員としてルーフにあがった。

「いったい裏金の首謀者は誰なんですかっ。藤林派はクリーンだなんて嘘でしょう。早く真実を話してくださいっ」

青木あずさがヒステリックな声をあげ、民自党議員のスピーチを掻《か》き消している。隣で党首の大道寺公輔が太鼓を打ち鳴らし始めた。

「うるせぇ。すっこんでいろ。妨害政党っ」

民自党の支持者からブーイングが飛ぶ。界隈は殺伐とした空気に包まれる。大空の党の関係者がSL広場でもでんでん太鼓を振り回して音を出した。

「帰れっ、帰れっ」

民自党支持者たちはさらに声を揃《そろ》えだした。数の上では圧倒的に民自党支持者の方が多いので、太鼓の音も押され気味になった。

するとどうしたことか、青木あずさはそのリズムに合わせて腰を振り出した。舐《な》め腐った態度だが、何処《どこ》かセクシーだ。

徐々に彼女に視線が集まり出し、帰れと叫ぶごとに、あずさはスカートを少しあげ、ヒップを揺する。ときおりフレアスカートを膝上二十センチぐらいまで上げ、だ。

太腿《ふともも》をちらちら見せる。
こうなると政治活動とは別なエロい見せ物だ。民自党支持者も「帰れ」に熱がこもる。叫ぶほどにスカートが上がってくるから
こんなときが危ない。
神野はあたりのビルの窓や外階段、屋上を見渡した。特に異常は見当たらない。
「帰らなくてもいいですよ。青木さん、お話を伺いますよ」
街宣車のルーフに繋がる階段からマイクを持った藤林正尚が現れた。聴衆は最初
呆気《あっけ》にとられ、次にどっと沸いた。
「総理、さすがに余裕ですね。私のような小者を相手にしてくれるなんて」
あずさはスカートを持ち上げたまま言っている。ローアングルに入ればパンツが
見えそうだ。スマホをそのアングルで翳《かざ》している者もいる。
「小者だなんてとんでもありませんよ。大旋風を巻き起こしているじゃないですか。
羨ましいですね。わたしなんか、もう支持率が三十パーセント以下だ。裏金問題の
決着がなかなかつきませんでね。困っています」
さすがにスピーチは上手《うま》い。自虐ネタで笑いをとっている。

総理が大空の党の街宣車の方へ寄っていく。

「秋川、向こうの車に真美さんの姿は見えるか」

スーツの襟章に隠したマイクで確認する。

「近くまで来ているんですけど、見当たらないわ。乗せていないのかも」

涼子の声が返ってくる。

おかしい。

総理に近づき『まだフィルムは渡さないように』と小声でいう。すでに大空の党は、衆目の前で民自党に自分たちを認知させるという目的は達成しているのだ。

もうひとつの方は、大空の党というより紅豹機関が手に入れたい物であろう。

「総理、支持率挽回《ばんかい》は簡単ですよ。裏金問題のある議員をすべて除名してしまえば、藤林総理の支持率は大空まで上がります」

青井あずさが右手を大空に掲げ、左手で思い切りスカートをたくし上げた。たぶんパンティが見えた。聴衆の視線が股間に釘付《くぎづ》けになる。

総理は上を見ていた。こめかみがひくついている。

神野も同じ方向を見た。

斜め左に見えるビル。老朽化で取り壊される予定のビルだ。その屋上に藤林真美の姿が見えた。怯《おび》えた顔をしている。

あずさがスカートを下ろした。パンツ見せは一瞬のことだった。青井あずさは手を差し出しながら、大空の党の街宣車の端まで歩み寄ってくる。民自党街宣車の端にいる総理と握手できる距離だ。

「総理、フィルムを渡さず焦《じ》らしてください。真美さんを救出してきます」

神野は耳元でそう囁《ささや》いて街宣車を駆け下りた。

走る。解体予定の駅前ビルに向かって走る。汗が噴き出した。ここは誰の手も借りない。自分でやる。

途中、群衆に紛れていた佐々木が出てくる。

「おまえのスタングレネード仕様のスマホを貸せ」

「はい。このブルートゥースイヤホンを使ってください」

スマホとイヤホンを受け取りまた走り出す。エレベーターを使わず階段で登る。ここが極道の根性の見せ所だ。

六階から外階段に出て屋上へと出た。気づくと涼子も追ってきていた。屋上に出るための小さな扉がある。僅かに開けて覗いた。

ＳＬ広場に面した低い柵の前に、藤川真美が立たされていた。背後にナイフを持った女がいる。警備員の制服を着ていた。真美はベージュのフレアスカートに黒のタートルネックセーター。シックな感じだ。

「花石尚子だわ。変態ドS女」

涼子が低い声で言う。

「真美さん、そこでスカート捲って、あそこを出すのよ」

尚子が命じていた。

「ほら始まった。女を辱めるのが好きなのよ。いまは興奮しちゃっているわよ」

「お尻まで上げちゃいなさいよ」

言いながら尚子は蟹股《がにまた》になって股間に指を走らせている。ナイフを持った手でバストも揉んでいた。

真美はこちらに背を向けたままだが、恥ずかしそうにスカートを背中まで上げた。ぷりっとしたヒップが現れた。生尻だった。

「ぁあああっ」

尚子の指の動きが早くなった。濃紺の制服ズボンの上から女の狭間《はざま》を激しく擦り立てていたが、それではもどかしいのか、尚子はズボンを下げた。

尻が現れた。

尻の底に濡《ぬ》れた粘膜が見え隠れしている。

「おっぱいもよ。おっぱいも世間に見せなさいよ。総理大臣の娘のおっぱい、みんな見たいわ」

尚子は完全にいっちゃっているようだ。声は上擦り、手の動きはマッハ級だ。蜜液がコンクリート上にしたたり落ちている。

「あっ、あなたも擦りなさいよ。あっ、はうっ。気持ちいいわっ」

尚子はナイフを離さないものの自慰に夢中になっている。

「いまよ。発情しちゃっているから、もう他のことは何もいらない。近づいても気が付かないわよ」

女の涼子が言うのだから間違いなさそうだ。

「俺が尚子にかますから、真美さんの保護を頼む」

神野は扉を開けて匍匐《ほふく》前進した。

距離三メートルだ。

リスクはある。発情している女はシャブ中のようなものだからだ。昇天寸前で気づかれたら、気が狂ったように刃物を振り回すに違いない。真美の背中を刺されたら元も子もない。

「あぁあん。あんたもちゃんと指入れてっ。マメとか穴をいじりなさいっ」

尚子のヒステリックな声が飛んでいる。平常心が壊れてしまっているようだ。

距離一メートル。ここまで詰められたらいける。神野はジャンプした。

「あっ、んんんんっ、イキそうっ」

トランス状態にはいっているようだ。

蟹股で着衣オナニーしている尚子の背中に飛び下りた。振り返ろうとする尚子の耳に有無を言わさずイヤホンを差し込む。

尚子は自分の身に起こっている事実に気が付かず、まだ股間の摩擦に夢中だ。目がトロンとしている。

「いっちゃいなよ」

スマホの液晶を彼女の目の前に差し出し、神野自身は目を瞑《つぶ》った。
3、2、1、ドカンッ。
イヤホンから鼓膜が破れそうな爆音が響き、液晶から目が潰れそうな光が飛ぶ。

やられたらやり返す、だ。脳の栓が飛んだはずだ。

「あぁあああああああああああああああああっ」

尚子が小便を飛ばしてひっくり返った。空に向かって噴水状態だ。

「わわわっ」

神野は飛び退《の》いた。危ないところだった。顔射はするが、顔尿は勘弁して欲しい。

気絶しても身体は激しく痙攣《けいれん》していた。絶頂したのかしないのか、わからない。

涼子が飛び出してきて、真美を抱きしめた。

「本当に迎えに来てくれたんですね」

真美が泣き笑いしている。スカートは下がっていたが、まだ片側の乳房が見えたままだった。

「大丈夫よ。もう安心。家まで送るわよ」

「いやぁ、家には帰りにくいですね」

「だったらひとまず、歌舞伎町に行きましょう。そこで相談」

涼子が真美を宥《なだ》めている。

上空から突風が吹いてきた。見上げるとヘリが下がってきて縄梯子《なわばしご》が降りてきた。

操縦桿《かん》を握っているのは黒井だった。

「真美さんは任せた。組に戻って、セラピストを呼んでやれ。まずは真美さんも一発やることだ。そうしたらたいていのことは整う」

「わかりました。景子姐さんに頼みます」

涼子と真美を残して、神野は縄梯子を昇った。

「山梨の別荘で下ろす」

黒井が親指を立てた。まだ働けということだ。わかっている。今度は極道としてのシノギだ。

ヘリが上空に舞い上がった。SL広場では、藤林とあずさの掛け合いがまだ続いていた。

「こちらすべて回収。総理に官邸に戻るようにお伝えください」

黒井が無線で伝えている。サイロの内海が総理に駆け寄る。日が暮れた新橋の町が宝石箱のように見えた。

3

ヘリは急旋回し、西へ向かった。

信号も無ければ、渋滞も無い空は早い。十五分ほどで河口湖畔の森が見えてきた。

「後藤、発煙筒をあげろ。十発だ」

「はい」

後藤の返事と共に、暗い森の中から赤、青、緑、黄、黒の煙が上がった。そういえば今年はパリオリンピックがあった。

煙の脇に、三角の屋根から煙突の伸びたスイスの山小屋風の別荘が見えた。

「では一気に潰してきます」

「そっちの回収もよろしくな」

「へいっ」

神野は縄梯子を降りた。後藤が発煙筒を上げていたので、位置は間違えなかった。

「おやっさん、敵はサブマシンガンを持っています。ブルで突っ込みましょう」

後藤は神野建設の小型ブルドーザー三台を運んできていた。

「よっしゃぁ」

後藤の乗るブルに飛び乗る。他の二台もエンジン音を唸《うな》らせた。ダンプと鉄球車、それにコンクリートミキサー車も来ていた。

神野建設総出の解体作業となった。

キャタピラで小枝や灌木《かんぼく》を踏みながら別荘に向かっていくと、窓の隙間から弾丸が飛んできた。まずはライフルと拳銃のようだ。シャベルを窓の前に上げて進む。弾丸は弾《はじ》き返した。カンカンと乾いた音がするだけだ。

「後藤、面倒くせぇ。鉄球車で穴を開けちまえ」

「へいっ」

後藤が後続の鉄球車に手を振った。

五十年前、連合赤軍あさま山荘事件で活躍したのと同じタイプだ。クレーンに吊《つ》るされた巨大な鉄の球が、グラグラ揺れて別荘の玄関辺りに衝突した。

一発でコンクリートや木の破片が飛び散り、直径一メートルほどの穴が開いた。

その穴から銃口が出てオレンジ色の銃口炎《マズルフラッシュ》が上がった。今度はサブマシンガンだ。連射してくる。

「ハエみてえなもんだ。がんがんいったれや」

神野は雄叫《おたけ》びを上げた。

鉄球が二発、三発と別荘の正面に激突し、穴を拡大していく。瀟洒《しょうしゃ》な暖炉のあるリビングルームが見えてきた。

ソファの後ろに人影が見えた。

「鉄球はもういい。ブルで突っ込むぞ。速度をあげろっ」

「うぃっす」

ブルドーザーが全速力で別荘の正面から突っ込んでいく。

木やコンクリートの壁をシャベルで叩き潰しながら、邸内に乗り上げた。他の二台は左右に回り、横から突っ込んだ。

別荘全体が支えを失おうとしていた。

「うわぁっ、なんだこいつらっ」

赤いカーディガンを着た小太りの老人が、マシンガンで応戦してきた。涼子のマイクロレンズがとらえていた六本木の『バブルナイト』にいた酒屋の御隠居、益田耕作という男だ。それにカウンターの中にいたヨーコ。こいつらが紅豹機関のスリーパーセルの元締めだったようだ。

「しゃらくせえ。このブルが通常使用だと思ってんのかよ」

後藤が吠《ほ》えた。

車両もシャベルも防弾処理が施されている。後藤が運転席のレバーを前後左右に動かし始めた。

荒ぶる象のようにブルがあちこちの壁を叩き壊す。

「あぁあああぁっ」

天井が崩れてきた。

大型のキャリーバッグを持った御隠居とヨーコが逃げ場を失《な》くしておろおろと左

右に動き回っている。もうふたりいる。若い男だ。

後藤はいっぽうの男に見覚えがあるようだ。

「文潮社の池田陽二郎さんじゃないかい」

「えっ、ひっ」

男の目が泳いだ。

「『ウイークリー・スパーク』でやたら芸能人のスキャンダルを追いかけていた男ですよ。何度かこっちが逆張り込みをしていたんで、見覚えがあります」

「そういうわけかい。マスコミとして取材するふりをしてせっせと北京に情報を流していたとはな。青井あずさを引っ掛けたのはおめぇだな」

『マンハッタン・エージェンシー』の西尾が六本木のスタジオに確認したところ、文潮社の担当者がいつもとは違うタクシーを呼んだと首を傾げていたそうだ。

そのタクシー運転手は吉原から真美を乗せた人物と同じだったのではないか。

「ちっ、日本の地政学を考えたら中国とくっついたほうがいいでしょ。台湾に気を使うこともないでしょうよ」

池田が目を吊り上げていた。どの道この男も、ハニートラップにひっかかって、抜き差しならなくなった口だろう。

「おめぇみたいなバカがいるから、尖閣《せんかく》や沖縄も狙われちまうんだよ。タコ」

いつ、北海道にはロシアが、沖縄諸島には中国が上陸して来てもおかしくないほど、日本の安全保障は危険な状態にさらされている。

タイミング次第では、それは明日かもしれないのだ。

「うるせせぇ、今更もう遅いんだよ。俺は引き返しようがないんだ」

池田が手榴弾《パイナップル》を投擲《とうてき》してきた。スコップが受ける。

「くそっ」

後藤が呻《うめ》いた。一発ではなく二発、三発とスコップの中に落としてきた。さすがにこれではこっちも吹っ飛ぶ。

「後藤、おりるぞ。こいつを突っ込ませろ」

神野と後藤はブルから飛び降りた。後藤はさすがに喧嘩《けんか》慣れしていて、運転席の下に漬物石を置いていた。そいつをアクセルに載せる。

ブルは池田に向かって突進した。スコップの中で連続的に小爆発が起こる。

「うわぁあああああ」

池田がブルの下敷きになった。

益田とヨーコは左右に分かれて、こちらに飛び出してきた。

鉄球が容赦なくふたりを叩いた。

「ぐえぇ」

「あうぅうう」

その場に倒れ込んだ。

どちらも頭がスイカのように割れていた。

「さてと、回収だ。ＭＡＯ資金がまだまだあるはずだ」

神野はまず三人が持っていたキャリーバッグを開けた。金塊がびっしり入ってい
た。他にもこの屋敷の下に眠っているに違いない。

「解体して掘ってくれ。宝箱が出たらダンプに積んで、空いた穴にヨーコと益田を埋めてコンクリートで塞いでおけよ」

諜報員は死んでも探されない。そんなものだ。池田だけは樹海に捨てる。よくいる行方不明者だ。

朝方まではすべての作業を終わらせたい。極道も楽じゃない。

これが終わったら、もうひとつシノギがある。選挙への出馬だ。神野は公示と共に、衆議院議員選挙に『新宿王道党』の当主として出馬するのだ。全国の名だたる任侠《にんきょう》団体も俄《にわ》かに政党をつくり出馬する。その数は三百五十人。もともと任侠団

体は別動隊として政治結社を持っている。ばかでかい街宣車も所有している。シノギが厳しくなり近頃では、特攻をかけるとき以外はガレージで眠ったままになっている大型街宣車を、日本中の各団体が久しぶりに爆音を轟《とどろ》かせようとしているのだ。

そもそもラウドスピーカーでがなり立てるのは、極道のお家芸だ。神野の新宿王道党は一九五〇年代のどでかいボンネットバスを街宣車に仕立てて、都内を走り回るつもりだ。

みずからの党の主張はさておき、選挙妨害をする連中を逆に追い立て妨害するために走る。

極道による法外の秩序維持活動である。戦後間もなくの頃はざらにあった話だ。

十一月一日。総選挙の火蓋は切られ、二週間にわたる選挙戦が繰り広げられた。

＊

開票結果は意外なものだった。

大敗が予想された民自党は三議席を減らすだけに留《とど》まった。圧倒的多数は揺るがない。

民自党の勝利というよりも野党の足の引っ張り合いであった。

党内スキャンダルということでは民自党は失点だらけだったのだが、既成野党はこれといった政権構想を示せないまま、選挙共闘をめぐり足の引っ張り合いが目立った。加えて有象無象の泡沫政党が入り乱れ、単に目立とうというパフォーマンスだけに終始したため、逆に民自党がまともに見えてしまった。

他党の街宣の前で大声をはりあげて糾弾したり、大音量で演説を妨害する手法を取った党は、全国各地で蜂起した極道連合『王道』に震えあがることになった。逆糾弾は熾烈《しれつ》を極めた。

口汚い罵倒や応酬話法なら極道の方が一枚も二枚も上手である。話法だけではない。明らかにそれとわかる紋々を入れたボランティアが、妨害する党の選挙カーを取り囲むのである。

この場合は組員ではなく選挙ボランティアである。選挙時の政治活動であるため簡単に排除はされない。組員たちは示唆行為ではなく単純なビラまきだと言い張った。

各所轄のマルボウは苦り切った顔をしていたが、地域課や警備課は内心、笑顔で見守ってくれていた。

米国の大統領にあの金髪のデブがカムバックしそうなことも、与党に有利に働いたようにも思える。『こんな時期、慣れていない政党に任せたくない』という民意の表れだったのかも知れない。

ともあれ、騒々しかったわりに政局は、選挙前とさして変わらない勢力分布で収まった。

大空の党から出た青井あずさは落選した。同じ選挙区の民自党新人にまったく歯が立たず、最下位に沈んだ。大空の党は、選挙戦途中で資金不足をきたし、街宣活動もままならなくなったのだ。

金塊が消えたせいである。

もちろん神野も落ちた。だが二十万票も取り二位に食い込めた。今回に限っては極道が正義の味方に見えたのかも知れない。

民自党は負けなかったが藤林正尚は、選挙後退陣を表明した。間もなく始まる総裁選では、幹事長の鷺沼を推すと明言している。

鷺沼が次期総裁になるのは間違いない状況だ。口約束を守ることで、藤林は今後民自党のキングメーカーにまわろうとしているのだ。

「関東舞闘会も神野組も、トップを入れ替えることにしたい」

黒井がそんな話を持ってきたのは、昨夜のことだ。

「俺とおまえはさらに闇に潜ることになった」

「どういうことで？」

「国内で、攻めてくる外国マフィアや工作員と闘っている場合ではなくなったということだ。これからは海外に攻めにいけと」

「はぁ？」

神野は頭を掻いた。

「サイロの特務機関を発足させる。拠点はマニラだ。そこから世界に飛ぶ。もちろん非公式部門だ」

黒井はことをなげに言った。今回の事件が工作活動の激化を表しているのは間違いない。

「総長、そいつはおもしれえや」

神野は笑った。ぼちぼち、もっとデカい仕事がやりたくなっていたところだ。海を渡って暴れるのも悪くない。


（了）

あとがき

二〇一七年に始まった『極道刑事《クロ》』ですが、今作をもってシーズン1を終了します。同じ実業之日本社から刊行されている『処女刑事』と並ぶ僕の代表作にして長寿シリーズで、今作が七作目となりました。

くしくも『処女刑事』も今年の六月の作品でシーズン1の終了となりました。

両作とも長い間刊行され続けたのはひとえに読者のみなさまのご支持があったからこそです。

『処女刑事』が十年、『極道刑事』が七年。ずいぶん歳月が流れました。当然、時代とともに小説の設定をとりまく環境も変わります。

戯作者《げさくしゃ》として時代を揶揄《やゆ》するには、そろそろ舞台装置や設定を見直す時期と、相成りました。

処女刑事一座も極道刑事一座も、ここらでいったん休憩をいれ、新たな設定と演出で、シーズン2をお見せしたく思います。

極道刑事の黒井健太と神野徹也は、みずから興した関東舞闘会を後進に任せ、拠点をマニラに移し、内閣情報調査室《サイロ》の非公表部門『黒豹《くろひょう》機関』として、世界に飛び出します。

歌舞伎町と並ぶ東洋の巨大歓楽街エルミタには、世界中の闇社会の強者《つわもの》たちが集っています。

各国のマフィア、諜報員《ちょうほういん》、テロリスト。黒豹たちはそれらを相手に闘い、日本の治安破壊を水際で食い止めます。

ドバイ、香港、澳門《マカオ》、バグダッド、そしてヨーロッパへ。黒井と神野は悪を追いかけます。

悪党のグローバル化に即した物語です。

ドバイやマニラに逃げても、黒豹たちは必ず捕まえます。

ハニートラップも各国の女工作員たちが仕掛けてきます。本作ではその一端を匂わせましたが、新装開店する『黒豹刑事』では、さらに世界中の女たちをあいてにすることになるでしょう。

どうぞ、スケールアップする新作にご期待ください。二年ほどのご猶予を。

二〇二四年　盛夏

沢里裕二

本書は書き下ろしです。

本作はフィクションであり、実在の個人・団体とは一切関係ありません。（編集部）

実業之日本社文庫　好評既刊

沢里裕二
極道《クロ》刑事　新宿アンダーワールド
新宿歌舞伎町のホストクラブから女がさらわれた。拉致したのは横浜舞闘会の総長・黒井健人と若頭。しかし、ふたりの本当の目的は…。渾身の超絶警察小説。

さ３５

沢里裕二
極道刑事　東京ノワール
渋谷百軒店で関西極道の事務所が爆破された。カチコミをかけたのは関東舞闘会。奴らはただの極道ではなかった…。「処女刑事」著者の新シリーズ第二弾！

さ３７

沢里裕二
極道刑事　ミッドナイトシャッフル
新宿歌舞伎町のソープランドが、カチコミをかけられた。襲撃したのは上野の組の者。裏には地面師たちのたくらみがあった!?　大人気シリーズ第3弾！

さ３９

沢里裕二
極道刑事　キングメーカーの野望
政界と大手広告代理店が絡んだ汚職を暴くため、神野が闇処理に動くが……。風俗専門美人刑事は、体当たりの潜入捜査で真実を追う。人気シリーズ第４弾！

さ３12

沢里裕二
極道刑事　地獄のロシアンルーレット
津軽海峡の真ん中で不審な動きをする黒い影。日本に特殊核爆破資材を持ち込もうとするロシア工作員と、それを阻止する関東舞闘会。人気沸騰の超警察小説！

さ３17

実業之日本社文庫　好評既刊

沢里裕二
極道刑事　消えた情婦
組長の情婦・喜多川景子が消えた!? 景子は高速道路で玉突き事故に巻き込まれた直後、連絡が途絶える。隠された真実とは。作家デビュー10周年記念作品!
さ3 19

沢里裕二
アケマン　警視庁LSP　明田真子
東京・晴海のマンション群で、演説中の女性都知事・桜川響子が襲撃された。LSP明田真子は身体を張って知事を護るが……。新時代セクシー&アクション!
さ3 13

沢里裕二
湘南桃色ハニー
ビールメーカーの飯島は、恋人を寝取られたことをきっかけに己の欲望に素直になり……。ビーチで絡み合う水着と身体が眩しい、真夏のエンタメ官能コメディ!
さ3 11

沢里裕二
桃色選挙
野球場でウグイス嬢をしていた春奈は、突然の依頼で市議会議員に立候補。セクシーさでは自信のある彼女はノーパンで選挙運動へ。果たして当選できるのか!?
さ3 14

沢里裕二
処女総理
中林美香、37歳。記者から転身した1回生議員。彼女のもとにトラブルが押し寄せる。警護するのはSP真木洋子。前代未聞のポリティカル・セクシー小説!
さ3 15

実業之日本社文庫　好評既刊

黒闇　草凪 優
最底辺でもがき、苦しみ、前へ進み、堕ちていく不器用な男と女。官能小説界のトップランナーが、人間の性と生を描く、暗黒の恋愛小説。草凪優の最高傑作！
く66

知らない女が僕の部屋で死んでいた　草凪 優
眼が覚めると、知らない女が自宅のベッドで、死んでいた。女は誰なのか？ 記憶を失った男は、女の正体を探る。怒濤の恋愛サスペンス！（解説・東えりか）
く67

アンダーグラウンド・ガールズ　草凪 優
東京・吉原の高級ソープランドが廃業した。人気の嬢たちはデリヘルを始め、軌道に乗るも、悪党共の手により…。女たちは復讐を誓う。超官能サスペンス！
く68

冬華と千夏　草凪 優
近未来日本で、世界最新鋭セックスAIアンドロイドがデビュー。人々は快楽に溺れる。仕掛け人は冬華。著者渾身のセクシャルサスペンス！（解説・末國善己）
く69

私を抱くと死ぬらしい　草凪 優
売れなくなったモデルの清奈。ある日、彼女を抱いた男が死んだ――。その後も、負の連鎖が止まらない。恐怖とエロスが交錯する、超官能サスペンス！
く610

実業之日本社文庫　好評既刊

草凪優
初情《はつじょう》
わたしはね、特別にいやらしいの——発情してて何が悪いの？　名門大学の極悪サークルで、罠にはまった女の復讐と復活。官能エンターテインメントの傑作！
く611

草凪優
女風
女性用風俗（女風）を描く最旬小説。処女でプライドの高い女社長、アイドルグループの絶対的エースなど悩める女を幸せへと導く、人気セラピストの真髄！
く612

草凪優
女風　歌舞伎町のセラピスト
今、注目を集める女性用風俗（女風）。バリバリ仕事をこなすセックスレスの人妻、複数プレイ願望を抱く淑女など、女の悩みを解決。著者初の女風短編集！
く613

今野敏
マル暴甘糟《あまかす》
警察小説史上、最弱の刑事登場!?　夜中に起きた傷害事件は暴力団の抗争か半グレの怨恨か。弱腰刑事の活躍に笑って泣ける新シリーズ誕生！（解説・関根亨）
こ211

今野敏
マル暴総監
史上〝最弱〟の刑事・甘糟が大ピンチ!?　殺人事件の捜査線上に浮かんだ男はまさかの……痛快〈マル暴〉シリーズ待望の第二弾！（解説・関口苑生）
こ213

実業之日本社文庫　好評既刊

今野 敏
終極　潜入捜査〈新装版〉
不法投棄を繰り返す産廃業者は、テロ・ネットワークの中心だった。元マル暴刑事が、拳ひとつで環境犯罪に立ち向かう熱きシリーズ最終弾！（対談・関口苑生）
こ219

葉月奏太
いけない人妻　復讐代行屋・矢島香澄
色っぽい人妻から、復讐代行の依頼が舞い込んだ。彼女は半グレ集団により、特殊詐欺の手伝いをさせられていたのだ。著者渾身のセクシー×サスペンス！
は67

葉月奏太
人妻合宿免許
独身中年・吉岡大吉は、配属変更で運転免許が必要になり合宿免許へ。色白の未亡人、セクシー美人教官、黒髪の人妻と…。心温まるほっこり官能！
は68

葉月奏太
盗撮コネクション　復讐代行屋・矢島香澄
洋品店の中年店主は、借金返済のためとそそのかされ、盗撮を行う。店主の妻は盗撮され、脅される。店主は自殺を決意し……。どんでん返し超官能サスペンス！
は69

葉月奏太
癒しの湯　若女将のおもてなし
雪深い山中で車が動かなくなったとき、助けてくれたのは美しい若女将。男湯に彼女が現れ……。心と身体が蕩ける極上の宿へようこそ。ほっこり官能の傑作！
は610

実業之日本社文庫　好評既刊

葉月奏太
寝取られた婚約者　復讐代行屋・矢島香澄

IT企業社長・羽田は罠にはめられ、彼女と会社を奪われる。香澄に依頼するも、暴力団組長ともうひとりの復讐代行屋が立ちはだかる。超官能サスペンス！

は611

葉月奏太
酒とバイクと愛しき女

友人の墓参りをかねて、20年ぶりにツーリングへ出かける。爽やかな北海道で亡き友の恋人や、素敵な女性たちに出会い……。ロードトリップ官能の傑作！

は613

葉月奏太
癒しの湯　未亡人女将のおきづかい

社長の三男・月島三郎は、温泉旅館に修業へ。旅館の女将は気品に溢れ、仲居は天真爛漫。ある日、悪徳不動産屋の男がやってきて……。温泉官能の新傑作！

は614

葉月奏太
空とバイクと憧れの女

仕事に明け暮れ、独身のまま40代を迎えた健司。大学時代に窮地を救ってくれた真里に会いたくて、北海道ツーリングへ。ロードトリップ官能の超傑作！

は615

葉月奏太
癒しの湯　純情女将のお慰め

雪景色を眺めながら、吾郎は列車に揺られていた。突然、札幌に転勤になったのだ。10年ぶりに訪れた温泉旅館には、あの純情美人女将が…。大人気温泉官能！

は616

実業之日本社文庫　好評既刊

葉月奏太
ぼくの女子マネージャー
ボクシング部員の陽太にとって、女子マネージャー亜美は憧れの女。強くなり、彼女に告白したいと練習に励むが…。涙と汗がきらめく青春ボクシング官能！
は 6 17

南 英男
策略者　捜査前線
おまえを殺った奴は、おれが必ず取っ捕まえる！　歌舞伎町スナック店長殺しの裏に謎の女が―？　亡き親友に誓う弔い捜査！　警察ハード・サスペンス！
み 7 33

南 英男
警視庁潜行捜査班シャドー
殺人以外の違法捜査が黙認されている非合法の特殊チーム「シャドー」。監察官殺しの黒幕を突き止めるべくメンバーが始動するが……傑作警察サスペンス！
み 7 34

南 英男
断罪犯　警視庁潜行捜査班シャドー
非合法捜査チーム「シャドー」の面々を嘲笑う〝断罪人〟からの謎の犯行声明！　美人検事殺害に続く標的は誰？　緊迫の傑作警察ハード・サスペンス長編!!
み 7 35

南 英男
雇われ刑事
元警視庁捜査一課刑事で赤坂のバーのマスターを務める津坂は、警視庁監察の係長殺人事件の隠れ捜査を依頼されるが、怪しい悪徳警官には強固なアリバイが…。
み 7 36

実業之日本社文庫 さ3 21

極道《くろ》刑事《でか》　凌辱《りょうじょく》の荒野《こうや》

2024年10月15日　初版第1刷発行

著　者　沢里裕二《さわさとゆうじ》

発行者　岩野裕一
発行所　株式会社実業之日本社
〒107-0062　東京都港区南青山6-6-22 emergence 2
電話［編集］03(6809)0473［販売］03(6809)0495
ホームページ　https://www.j-n.co.jp/
DTP　ラッシュ
印刷所　大日本印刷株式会社
製本所　大日本印刷株式会社

フォーマットデザイン　鈴木正道(Suzuki Design)

ISBN978-4-408-55911-7（第二文芸）